離婚《わか》れたあなたは運命の番《ひと》

AKUTA
KASHIMA
鹿嶋アクタ

CHOCOLAT
BUNKO

ILLUSTRATION 小禄

CONTENTS

あ、と漏らした声は、我ながら浅ましかった。完全に雄《おす》に媚《こび》を売る雌《めす》の声だ。

洗面台にしがみつこうとして指が滑る。笑えるほど力が入らず床に尻餅をついた。格式の高いホテルだけあって、トイレの床までよく磨かれているのはせめてもの救いだろうか。

祖父の喜寿《きじゅ》を祝うパーティーで、まさかこんな事になるとは想像もしていなかった。

(誰か助けて)

火照《ほて》った身体を持て余し、ぎゅっと己の膝を抱く。鍵をかけたいのに、立ち上がる事さえ今は困難だった。情けなくへたり込んだまま一歩も動けない。

今日に限って付き人を連れていなかった。運転手は車の中で待機中だ。ジャケットの内ポケットから、覚束《おぼつか》ない手つきでスマートフォンを取り出した。

顔認証機能でロックを解除する。助けを呼ぶ前に、スマホを取り落としてしまった。慌てて拾おうとして、乳首がシャツの生地に擦れた。

「ひ、あン」

鋭く走った快感に思わず悶える。まるで神経が剥き出しにされたみたいだった。

(どうしよう……動けない)

スマホの液晶が暗くなるのを、間抜けのように眺めていた。尻が冷たい。愛液で下着が濡れているせいだ。情けなさに嗚咽《おえつ》が漏れる。

「はっ、あ、やだぁ……」

抱かれた事などないのに、奥が疼《うず》いて堪らない。異性愛者を自認しているにも拘《かかわ》らず、肉体は雄を求め飢《かつ》えてしまう。それが〝オメガ〟の性だからだ。

(嫌、嫌だ……嫌なのに……っ)

人間には男女の性別のほかに、アルファ・オメガ・ベータという第二の性が存在する。もっとも多いのはベータ性で、国内総人口の約九十五パーセント以上を占める。次いで多いのがアルファ性だ。人口の約三パーセント足らずだが、優れた身体能力と高い知能を誇る。実業家、政治家、芸能関係まで、成功者にはアルファが多い。

そして最後にオメガ性――人口の僅か一パーセントほどしかいないもっとも希少な種だ。オメガ性は生殖能力に特化しており、三ヶ月に一度発情期《ヒート》を迎え、性フェロモンを放出しアルファを誘う。

ところで第二の性の中でも、取り分けFアルファとMオメガは特殊であると言える。Fアルファ、つまりアルファの女性は陰核が著《いちじる》しく発達しており、男性器の機能を有している。生殖行為も可能だ。

そしてMオメガ、オメガの男性は、子宮を有しており妊娠出産する事ができる。男性にしては華奢《きゃしゃ》で小柄、中性的な容姿をしている者が多い。

本来の性的指向とは異なる相手ともマッチングできるというのは、彼らの強みでもあり悩みの種でもあった。

（僕は男だ。アルファに抱かれて子供を産みたくない……！）

三ヶ月に一度の発情期を迎えるたび、慎重に抑制剤で対応してきた。しかし今回は予定よりも十日以上発情期の訪れが早い。常飲している抑制剤は車の中だ。うかつだった。

（僕には番《つがい》がいないんだから、薬を手放しちゃダメだったのに……）

大声を出してホテルのスタッフに助けを求めるべきだろうか。だが通りすがりのアルファを呼び寄せる危険が伴う。腑《ふ》抜《ぬ》けた頭ではいつものように決断できなかった。

目を閉じて、洗面台にもたれる。

オメガの発情期は、アルファと番関係になる事で対外的には落ち着く。発情期自体は閉経するまで訪れるが、番となったアルファにしか発情フェロモンが作用しなくなる。

番になるには、性行為中にアルファがオメガのうなじを噛む必要がある。

（アルファは嫌いだ）

たとえ女性でもアルファなら、オメガを支配したがるだろう。奴隷《どれい》になりたくなかった。

（とにかく、駐車場へ戻るか、誰かに薬を持って来て貰わないと……）

ここはオメガ男性専用トイレだが、施錠していないため、いつアルファが入って来てもおかしくない。発情フェロモンは、扉の向こうまでだだ漏れだろう。

（欲しいよぉ）

火照る身体をぎゅっと抱きしめ、青年はぽろぽろ涙をこぼした。指が股間に伸びる。

「ひぅ……」

上質な生地越しのもどかしい刺激に腰が揺れる。その時、バンと乱暴に扉が開いた。

「うわ、すごい匂いだな」

入って来たのは、洒落《しゃれ》たスーツに身を包んだ三十前後の男だ。アルファだと本能が告げる。闖入者《ちんにゅうしゃ》はすんすんとわざとらしく鼻を鳴らした。性臭を嗅がれた羞恥《しゅうち》に顔が赤らむ。

男がこちらへ視線を向けただけで、肌が粟立った。男がこちらへ近づいて来る。

「や、だめっ」

スラックスはあふれた愛液のせいで、大きな染みがべっとり広がっている。

「おやまあ、前も後ろもぐしょぐしょじゃないか」

男はパーティーの参加者なのだろうか。悪くない顔立ちだが、どこか下卑《げび》た表情だった。

「いいスーツなのに、こんなに濡らして悪い子だ。泣き顔が可愛いね」

「だめ、だめ、あっ」

荒い手つきで内腿を撫でられ、青年はちいさく啜《すす》り泣いた。こんな男、普段だったら絶対に見向きもしない。だが今は、むしゃぶりついてしまいたかった。

きゅっとワイシャツごと乳首を摘まれて、奥がぬかるむのが自分でわかった。

「や、ぁ！　そこ、だめぇ……」

「個室に行こうか。生でハメて、たっぷり中出ししてやるよ」

「やっ、や……」

中出しなんて絶対に駄目だ。妊娠の恐怖に震えながら、想像をしただけで達しかける。こころと身体の反応がバラバラだ。

アルファは笑うと、青年を立たせた。必死に洗面台を掴むと、尻を男に突き出す格好になる。スラックスの上から尻の割れ目をくすぐられた。

「なんだ、ここで突っ込まれたいのか？　オメガってのは本当に淫乱だな」

嫌だ、と叫んだが、鏡に映った自分の顔は完全に蕩《とろ》けている。

「待ってろ、今くれてやるからな」

ベルトを外す金属音に、身を震わせた瞬間だった。

扉が開く。潤んだ視界を懸命に瞬いた。アルファらしき背の高い男が入って来る。オメガがヒートの際に複数のアルファに襲われる事例は後を絶たない。最悪の展開に目を閉じる。

「何をしている？」

その声は冷徹に響いた。迷惑そうに最初のアルファが応える。青年は身を震わせた。

「見てわからないか。今取り込み中だ」

「取り込み中ね……。合意なのか、それは？」

閉じていた目をハッと開く。鮮明になった視界の先、こちらを見下ろす相手が見えた。

年の頃は二十代後半から三十代前半。艶やかな黒髪、涼しげな目元、高くすっきりした鼻梁《びりょう》、酷薄そうだが整った口元。ハッとするほど顔の造作の整った男だった。頭がちいさく、手足が長い。骨格からして、一般人とはかけ離れている。

モデルか俳優だろうか。今回のパーティーは芸能人が多く参加していると聞いた。

（この人も……アルファ、だよね。助けを求めてもいいの？）

答えない青年を見て、男は肩を竦めた。

「合意のプレイなんだったら、邪魔をした」

「ちが……んんっ！」

否定しようとした声がくぐもる。アルファの胸に顔を押し付けられていた。盛ったカップルに、鼻白んだ相手が出て行きかける。駄目だ。この機を逃せば助けはこない。

アルファの腕から必死に逃れ、どうにか声を振り絞る。出て行きかけていた男は、ドアノブから手を離した。

「ひ、あっ……！　助けて……！」

改めてこちらに向き直る動作が洗練されている。ゆったり両腕を組み、彼は言った。

「今『助けて』と聞こえたな。合意じゃないようだが？」

アルファはチッと舌を鳴らした。

「それがどうした。あんたと俺で、こいつをシェアするか？　俺は構わないぞ」

悪びれないアルファに尻を揉まれる。嫌悪感に鳥肌を立てながら、ああっと感じ入った声で喘《あえ》いでしまった。体温が上がる。

性フェロモンを浴びて、アルファの息が荒くなった。黒髪の彼だけが涼しい顔をしている。

「せっかくの申し出だが、遠慮しておこう」

「ああそうかい。なら、お邪魔虫はとっとと出て行ってくれないか」

恫喝《どうかつ》するアルファを、彼は冷たく睥睨《へいげい》した。

「ヒート中のオメガ相手にも、強制性交等罪は適用されるぞ。一発ヤるために人生を賭けるか？　ずいぶん安い人生なんだな」

彼がこれみよがしにスマホを翳《かざ》すと、アルファはあからさまに怯《ひる》んだ。

「薬も飲まず、スケベなメス臭を撒《ま》き散らして誘いやがって！　俺は被害者だ！」

叫ぶアルファに突き飛ばされる。よろめく身体は、彼がなんなく抱きとめてくれた。鼻腔をくすぐる香水の甘い香りに、一瞬で陶然となる。

トイレから一目散に飛び出すアルファを見て、呆れた様子で彼は言った。

「まあ、確かに薬は必要だ。あのアルファも、勿論《もちろん》あんたもな。抑制剤を使うアルファは全体の二十パーセントに満たないという統計結果が出ている。襲われたくないなら自衛すべきだ」

「す、すみません」

アルファに解放されたが、身体は熱を孕《はら》んだままである。青年はゾクゾクと背筋をおののかせる。顎を掴まれハッとした。

「あ……んぅ……！」

唇を唇で塞がれる。つるりとした感触を舌の先に感じた。苦味が、嫌が応にも青年を正気づかせる。錠剤だ。ほとんど反射的に青年はそれを嚥下《えんげ》した。

「あっ、なに……」

得体《えたい》の知れない薬品を飲んでしまった。ひとりで慌てていると、彼は苦笑してみせた。

「大丈夫、やばい薬じゃない。今飲ませたのは、ただの発情抑制剤だ」

思わず両目を瞬かせる。まだ震えている手に、彼はシートごと薬を渡した。

「はいこれ。すめらぎ製薬の速効性ヒート抑制剤『飲んで即効きクールくん』だ。効果はこの俺が、身をもって保証する」

「えっ……？」

「俺も君と同じオメガだよ」

頼もしく己の胸を親指でトンと叩く。ことばの意味を、すぐには理解できなかった。

「オメガって……だってまさか……」

長身で、胸も肩も逞《たくま》しい。目の前にいる男は、どこからどう見てもアルファにしか見えない。目を白黒させていると、彼は爽やかに笑った。

「あんた、ヒートがずれ込んだんだろ。念のため、いつも薬は携帯したほうがいい」

「ッ……わかりました」

イイ子だ、とでも言いたげに目を細める。子供にするように、ぽんと頭を撫でられて胸が詰まった。

やがて火照った熱が収まってくる。男の言う通り、確かに凄い効果だった。

「ありがとうございます！　あの、失礼じゃなければお名前を……」

既に背を向けていた男は、指だけひらりと振って去ってしまった。

咄嗟に伸ばした指先は届かない。青年の手の中に、ちいさな箱だけが残されていた。

「すめらぎ製薬……」

ヒートは収まりつつあるのに、こぼした声はどこか熱っぽかった。

1

まったく退屈なパーティーだ。皇明臣《すめらぎあきおみ》はシャンパングラスを片手に、テーブルの上の仔牛のブランケットだかフリカッセだかを一瞥《いちべつ》する。

主賓への挨拶はもう済ませた。今日は父親の代わりに出席しただけなので、本来ならいつ抜け出しても構わないのだ。明るい声に呼ばれ、明臣は視線を向ける。

周囲の視線を当然のように集めながら、美女がこちらへやって来る。明臣がその傍《そば》に寄り添うと、落胆か羨望《せんぼう》か、あちこちから溜息が聞こえた。

「わ、モデルのマキハよ」

「おお、マジでマキハじゃん。連れの男もモデルかな?」

「凄いイケメンだし、そうじゃない?　いいな〜、あんなイケメンと付き合ってみたい」

「堂々と浮気発言するなよ」

傍《かたわ》らを通り過ぎた男女が、感嘆の息を漏らす。

「ああ良かった。今ちょうどＬＩＮＥを送ろうと思っていたんだ」

マキハはハイヒールを履《は》いているため、明臣とはほとんど目線が変わらない。高身長はＦアルファの特徴だ。第二の性は特に保護されるべき私事権《プライバシー》であり、公《おおやけ》にしない者が多いなか、彼女はＦアルファであると明かしている。彼女の容姿だと隠しようがないからだろう。

「マキハさん、挨拶回りはもういいのかい?」

「もう充分、愛想は振りまいてきたわ。あなたのほうは大丈夫?」

あまりにも美男美女で付け入る隙がないせいか、見物人はいつの間にか散っていた。

「双葉《ふたば》財閥の会長への挨拶は済んだよ。自社製品のアピールもつつがなくね」

「あら。すめらぎ製薬の御曹司《おんぞうし》、さすがなのね」

マキハがすん、と鼻を鳴らした。念のため着衣の上から消臭スプレーをかけたが、まだオメガの発情フェロモンが残っていたかもしれない。マキハが悩ましげな吐息をこぼした。

(アルファ用の抑制剤を使わないタイプなのか？)

彼女にとっては、堪らない芳香なのだろう。遠慮なく明臣の腕にしなだれかかってきた。

「ね、これからどうするつもり。まだ会場に残っていなくちゃダメなの？」

「いや父の代理だから、そろそろお暇《いとま》してもいい頃だ。今日は仕事関係の絡みもないしね」

片手で掴めそうな細い腰を抱き寄せる。マキハは悪戯《いたずら》っぽく微笑んだ。

「やっとお楽しみの時間ね」

空のグラスを給仕に渡し、上着のポケットから取り出したカードキーを翳して見せた。

「上に部屋を取ってあるんだ。もし君さえ良かったら――」

「もちろん〝いい〟けど」

マキハの食い気味の返事に声を潜めて笑い合う。その時、子供の声があたりに響いた。

「みつけたよ～！」

大人たちの足元を縫うように、ぴょこっと男女の子供が現れる。駆け寄ってくる軽やかな足音に、明臣の顔は自然と蕩けた。

「凛《りん》！　宗佑《そうすけ》！」

カードキーをポケットにしまい、明臣は子供たちのもとへ駆け寄った。

少女は年の頃は十歳くらい、清楚《せいそ》で可憐《かれん》な白のワンピースを身につけて、肩まで伸びた栗色の髪はサラサラでツヤツヤだ。少女の隣にいる男の子はさらに幼い。艶やかな黒髪に、優しそうな顔立ち、ネイビーのジャケットが、精一杯背伸びしているようで逆に微笑ましかった。

（ああ！　こんなところで天使に会えるなんて！　今日の俺は最高にラッキー！）

ふたりとも驚愕の愛らしさだ。地上に舞い降りた天使もかくやである。明臣は本気でそう思った。その場でさっと膝をつき、両手でふたりを抱き締める。

「元気だった？　寂しくない？　俺は二人に会えなくてすごくすごく寂しかったよ……」

感情が高ぶりすぎたせいで、涙声になったが構わない。明臣の腕からぴょこんと顔を覗《のぞ》かせて、不服そうに少女が言う。

「寂しかったって、昨日会ったばっかりなのに！」

「そうだよ十八時間四十分も会えなくて、つらかった……。ふたりともアレのところで嫌な目にあっていないか？　何かあったらすぐに言うんだぞ。どこにいたって必ず駆けつけてやるからな。ところであのバカは一体どこにいるんだ？」

「どこだろ、そのへんにいると思うけど。女の人とお話してたから、ジュースを飲みに来たの」

「はあああ？　愛し子たちを放り出して何やってるんだ、あのバカ！」

ムッとして思わず腕に力がこもる。痛いとちいさな悲鳴が聞こえた。

明臣は慌てて腕の力を緩めた。天使たちはこの世の誰よりも自由であるべきなのだ。

「痛くしてごめんね、怪我《けが》はない？　救急車呼ぶ？　ドクターヘリのほうが早いかな」

「絶対にやめて」

天使と見紛う美少女――凛が整った眉を跳ね上げた。生まれたままで美しい眉の形はメイクいらずだ。その隣にやはり天使としか思えない美少年、宗佑がおっとり笑っている。

「凛ちゃんはもう立派なお姉さんだな」

「そうくんはね、いちねんせいだよ！　ようちえんじゃないよ！　おにいさんなの！」

可愛い姿をあと百年は見ていたいのに、成長の早さに胸が痛む。

「子供の成長は早すぎる！　もっとゆっくり大きくなっていいんだよ。凛ちゃんと宗くんが百年くらいは遊んで暮らせる貯金だってあるからね？　相続税対策もバッチリだ」

この世のありとあらゆる悲しい事や、理不尽《りふじん》な出来事から守ってやりたい。一生好きな事だけして、ニコニコ過ごして欲しかった。

「むやみにお金を渡したらダメ。私たちがニートになったらどうするの」

「俺はただ、お金の正しい使い方を教えてあげたいだけだってば。働いてしまうと稼ぐのに忙しくて、使うほうが疎《おろそ》かになるからね。それに株と不動産があるからニートなんかにはならないよ。立派な個人投資家だ」

　充実のライフプランを提示してみせたのに、娘に痛ましげな眼差しを向けられた。

「自宅警備員がふたり増えるだけだってば」

　父親として威厳を持った表情でいたいのに、反射的に顔が綻《ほころ》んでしまう。

「警備員がふたりだなんて頼もしいなあ」

「ぼくも、けーびいんなるの！」

「やめてよもう！」

　たぶんよくわかっていないだろうに宗佑はにっこりした。あまりの愛しさに胸が苦しい。この天使ふたりの親である幸運を、明臣はしみじみと噛み締めた。

「ところでパパ、あそこに立っている女の人はいいの？　ずっと待ってるみたいだけど」

　娘に言われて、マキハの事を思い出した。肩越しに振り向くと、強張った笑みを浮かべて待機している。ひそひそと凛が耳元で囁いてくる。

「あの人モデルのマキハでしょ。パパの彼女、紹介して！」

　彼女、と言われて明臣はちょっと照れた。マキハとは何度か食事に行っただけで、まだ恋人とは呼べない関係だ。

「凛ちゃん、マキハさんって呼びなさい。まだ恋人じゃなくてお友達だから……。それと何度も言っているけど俺の事はダディって呼ぶ事！　宗君も、わかった？」

凛が「はいはい」と受け流す横で宗佑が「はーい」と元気いっぱい返事をする。

マキハに視線で合図を送ると、彼女は苦笑してこちらへやって来た。これはのちほど挽《ばん》回《かい》しなければいけないだろう。年頃の娘らしく凛は芸能人を見て、そわそわする。

明臣はマキハに子供たちを紹介した。

「この子たちは凛と宗佑、僕の可愛い子供たちです」

凛がはにかみながらマキハの前へ出た。

「モデルのマキハさんですよね。私は凛と言います。マキハさんの大ファンです！」

「はじめまして！　ぼくはすめらぎそうすけです。いちねんせいです」

「ファンと言ってくれて、ありがとう凛ちゃん。宗佑くんも、格好良い挨拶ね」

明臣が口を開きかけたタイミングで、子供たちを呼ぶ声がした。

「凛、宗佑、そこか？」

大声ではないのに、決して喧騒に紛れたりしない。顔を顰《しか》める明臣の横で、凛と宗佑が笑顔で振り向いた。

「あ、いたー！」

止める間もなく宗佑が駆けて行く。そのまま結構な勢いでぶつかっても、相手はびくともしなかった。宗佑を抱きとめる腕は力強く優しい。

「妙に騒がしいと思ったら……来てたのかおまえ」

相変わらず嫌味な男だ。嫌味の上乗せで、上等なオーダースーツがよく似合っている。

パリコレモデルの隣に並んでも、きっと見劣りしないだろう。

逞しい肩と胸、引き締まった腰、長い手足、艶やかな黒髪を後ろに撫でつけて、顔の小ささと造りの良さを見せつけている。認めたくないが見た目は極上だ。

通りすがりの女性たちが悉《ことごと》く明臣に見惚れる。だがその中の三分の一は、この男も目当てに違いなかった。まったくもって腹立たしい。

「おや、誰かと思えばTTモバイルの社長さん。最近じゃMVO《大手キャリア》も格安プランを打ち出してきてMVNO業界は新規登録者も打ち止め状態。もはや衰退の一途では？　ずいぶんと、お時間にも余裕があるようで羨ましい」

笑顔を浮かべたまま、相手の額に青筋が浮く。お互い、一歩前へ進み出た。

「さすがすめらぎ製薬の御曹司、言うことが違う。だが御社は六兆円を費やしカイザー社をM&A《企業買収・合併》したはいいものの、純利益は当初の予想を遥かに下回り、株価も妥当に下がり続けている。優雅にパーティーに参加して、嫌味など言っている場合じゃないのでは？」

乾いた笑いをこぼす相手に、明臣はふふっと微笑み返してやる。

「大手キャリアを親会社に持ちながら、業界第三位に甘んじている御社には負けますよ」

「この前、自社ビル売却した御社には言われたくないんだが？」

「それこそ自社ビルさえ所有していない御社に言われたくないんだが？」

にこりとお互い微笑み合い、ピキッと額に青筋を浮かべた。

「ふざけるな。ちゃんと新宿に三十階建の立派な自社ビルがある！」

「それ親会社のだし、二十年前くらいに手放してただろ」

「今は買い戻してちゃんと自社所有ビルだ！」

お互い顔面に笑顔を貼り付けたままなので、周囲からすれば談笑しているようにしか見えないだろう。上等なスーツを着こなしたいい大人が、完全に小学生男子レベルの言い合いだった。

つんつんと腰を突かれる。誰かと思えばこちらを見上げる凛と目が合った。

「どうした、凛ちゃん」

訊ねると、聡い娘は所在なさげに立ち尽くしているマキハのほうをちらりと見た。そういえば、また彼女の存在を完全に忘れていた。

「放ったらかしにしてたら、マキハさんに呆れられちゃうよ」

娘の言う通りだ。明臣はすぐに反省した。

「マキハさん、すみません。こちらへどうぞ」

声をかけると、マキハはほっとした様子で明臣の隣へ来た。微笑んでその肩を抱くと、

マキハはうっすら目尻を赤く染めた。男が面白くない顔をする。

「マキハさん、こちらは――」

「どうも初めましてマキハさん。私は伊藤英汰《いとうえいた》と申します」

強引に割り込んだくせに、名刺を差し出す動作は流れるようだった。本当に外面だけなら完璧で、自分より六センチほど背が高いのがまた腹立たしい。

「テレビや雑誌で拝見していますが、実物はさらにお綺麗だ。今日はお会いできて光栄です」

「初めまして伊藤さん。ふふ、お上手なんですね」

マキハはモデルだ。美辞麗句《びじれいく》など耳にタコができるほど聞かされているだろう。しかし男――英汰に褒められて満更でもなさそうである。

「おや、お世辞だと思っていらっしゃるんですか？　僕の偽らざる本心ですよ。あなたは本当にお美しい。……明臣にはもったいないくらいだ」

嫌味たっぷりのセリフとともに、英汰が挑発するように目を細める。

余裕たっぷりに微笑み返しつつ、明臣は殺す、と胸の中で呟いた。超一流ホテルの完璧な空調システムにも拘らず、あたりの空気が急激に冷えたかのようだ。

「ところでおふたりの関係は……」

明臣はつい、窺《うかが》うように英汰の顔を見てしまった。お互い、ふたりの関係は黒歴史なのだ。向こうも気まずそうである。

言え、おまえが言え、と声には出さず視線だけでやりとりする。もういっそ子供たちの口から紹介させようか。そんな事を思っていると、遠巻きに話す誰かの声が耳に届いた。

「あらTTモバイルの伊藤社長と、すめらぎ製薬の御曹司。相変わらず素敵なご夫婦ね」

どうしても聞き捨てならず、明臣はすかさず訂正する。

「こいつとは〝元夫婦〟です！」

一言一句同じ文句を、同じタイミングで隣の英汰が叫んでいた。嫌すぎるシンクロだ。互いにムッとするタイミングまで一緒で、いっそ今すぐ帰宅したくなる。

（だからコイツと顔を合わせるのは嫌なんだよ！）

伊藤英汰は離婚した元夫で、愛しい我が子たちの父親——そして今は明臣の天敵である。

「あらバツイチって、そういう……？」

マキハにはバツイチなのは伝え済みだが、相手が同性のアルファである事は伏せていた。明臣と英汰が結婚した時、マスコミでも大きく取り上げられたから、言うまでもないと思っていた事もある。英汰も明臣も第二の性は公言していなかった。

（まあ、こいつと並べば俺がオメガだとわかるだろうけど）

明臣を見て、オメガだと思う人間はまずいない。だがそれ以上に英汰を見てオメガだと思う人間は皆無だろう。

つまり英汰とのあいだに子供を授かった以上、明臣がオメガである事は明白だ。己がオメガだと隠しているわけじゃない。ただ第二の性はデリケートな問題なので、積極的に明かす気がないだけだ。

明臣はマキハの様子を確認した。戸惑っているようだが、嫌悪感はなさそうだった。アルファ女性はオメガ男性を抱いて、妊娠させる事もできるから複雑なのだ。三人のあいだに沈黙が落ちかけた時だった。

「伊藤さん！　こちらにいらっしゃったんですか」

マキハと明臣は、同時に「あっ」と声を上げていた。英汰が頬を緩めて相手を迎える。

「橘《たちばな》さん、すみません。ちょうど知人に挨拶をしていたところなんです。紹介しますよ」

明臣は無言で笑顔を引きつらせた。

（知人……この野郎、俺の事を知人って言ったのか？）

英汰など正直知人以下だと思っているが、相手からそう言われると腹が立つ。

（いくら狙ってる女の前だからって許せん！）

こちらの内心など知らず、英汰は笑顔で連れの女性を紹介した。

「彼女は橘ニナさん。僕が紹介するまでもなく、おふたりともご存知でしょう」

橘ニナ、現在、人気知名度ともにナンバーワンと言ってもいい大女優だ。モデルのマキハと並ぶと小柄ではあるが、均整のとれたスタイルで、目も眩《くら》むほどの美女である。

明臣たちに向かってニナの事を紹介すると、英汰はつづけて言った。

「橘さん、モデルのマキハさんはご存知ですよね」

「はい、存じています」

「ありがとうございます。私もニナさんのお噂はかねがね……」

挨拶を交わす美女ふたりのあいだで、火花が飛び散ったような気がした。つい及び腰になる明臣の背を、英汰はするりと撫でながら言った。

「そしてそこにいる彼は、皇明臣と言って僕の元妻です」

一瞬、英汰と視線がぶつかる。明臣は整った片眉を跳ね上げると、すかさず訂正してやった。

「誰が元妻だ。確かに俺は凛ちゃんと宗くんの父親だが、おまえの妻だった覚えはない」

英汰は一瞬だけ面倒臭そうな顔をしたが、にこやかに言い直した。

「失礼、僕の元夫です」

「よろしくお願いします。皇です」

英汰を無視し、明臣はにこやかに人気女優に手を差し出した。白くたおやかな手と握手を交わしたところで、横にいた男は、思い出したようにつけたした。

「そうだ、明臣。おまえ橘さんの事好きだったよな?」

和《なご》やかに微笑んでいたマキハが、ぴくっと反応する。明臣は笑顔のまま額に青筋を立てたが、英汰はさらに続けた。

「実はこいつ、ニナさんの熱烈なファンなんですよ。出演している作品はすべて網羅《もうら》しているし、バラエティ番組に出演される時なんか大騒ぎで……」

明臣は無言で英汰の足を踏みつけた。痛みで悶絶する男の横でにっこり微笑む。

「先日公開された映画、拝見しました。ニナさんの演技、とても素晴らしかったです」

「わあ見てくださったんですか。嬉しいです」

ニコニコ微笑むニナの横でモデルのマキハが僅かに目を細めた。明臣は気がついたし、もちろん英汰も気づいただろう。額にじわりと汗が浮く。マキハがニナの前へ進み出た。

「私も見ましたよ。女性検事役、とても繊細で難しい役なのに、自然に演じてらして」

「ありがとうございます。私もマキハさんが先月出演されたショー、拝見したんですよ」

美女たちが牽制し合っているのか、本当に談笑しているのか明臣には見分けがつかない。

ふたりを見守るていで、英汰の脇腹を素早く指で突き刺した。

「おまえ！　どういうつもりだ。マキハさんの前で……！」

「痛っ、どういうつもりも何も事実だろ。おまえ橘ニナの大ファンじゃないか」

「マキハさんの前でバラす事ないだろうがっ」

互いに睨み合ったところで、女性たちの話題もひと段落したらしかった。マキハが明臣のもとへ、ニナが英汰のところへやって来る。

「っと、おまえなんか相手にしている場合じゃないな。そろそろ〝俺たち〟はお暇しよう」

マキハに視線を向けたまま、明臣は思わせぶりにカードキーを取り出した。

「このホテルのプレジデンシャル・スイートに、彼女を案内して差し上げないとな」

予約したのは、一泊百万円の部屋である。英汰はハッと鼻で嗤《わら》うと、スーツの胸ポケットからこれみよがしにカードキーを覗かせた。

「確かにここも手近で悪くはない。だが最近オープンしたばかりのオリエントホテルのロイヤルスイートは、広いベッドルームはもちろん、大理石のバスルームにはジャグジーとレインシャワーを完備している。若い女性を喜ばせる最適解だ」

「なっ……！」

ホテルの格では負けていない。だが老舗《しにせ》ホテルにはない魅力があるのは確かだ。

「仕事の忙しさにかまけて、リサーチ不足じゃないのか」

「言わせておけば、この……ッ」

これ以上、不愉快な顔を眺めているのはごめんだ。マキハを連れてとっとと退散しよう。

彼女に声をかける寸前、つんとジャケットの裾を引っ張られた。視線を向けると、そこには眠そうに目を擦る妖精がいた。もとい、宗佑がいた。

「ぼく、もうねむいよぉ……」

一大事だ。今すぐ迅速に、天使の寝床を用意しなければいけない。こんな騒がしいパーティー会場などもっての外である。英汰を見れば、凛がその手を引いていた。

「宗くんもう眠いんだって。お父さん、私もそろそろ帰りたいなあ」

父親たちは一瞬互いに顔を見合わせて、すぐに子供に向き直った。

「うんうん、それじゃあ凛ちゃんと宗くん帰ろうか。もちろん皇《おれ》のお家に」

「ここからなら伊藤家《うち》のほうが近いだろ。それに、もうすぐ運転手が迎えに来る」

明臣は宗佑の、英汰は凛の手をしっかり繋ぐ。宗佑と凛が手を繋いだので、四人横並びになった。広いパーティー会場とはいえ邪魔だ。

「おまえの家と俺の家、四百メートルも離れてないだろ！」

「だから四百メートル、うちのほうがより近いという話だ」

一応上流階級に属する男たちのあまりにも幼稚なやりとりを、モデルと女優は呆然と眺めていた。英汰と明臣はそんな彼女たちに同時に気づき、それぞれカードキーを差し出した。

「マキハさん、すみません。息子を家に送らなくてはいけなくて……チェックイン済なのでよかったらゆっくり休んでください」

「橘さん、ちょっとこいつと話をつけてくるので失礼しますね。これオリエントホテルのロイヤルスイートなんですけど、好きに使ってください。今日は付き合ってくださってありがとうございました」

さっさとその場から立ち去る男たちに、美女ふたりはじっと顔を見合わせた。

「振られちゃいましたね」

「はい。ロイヤルスイートにひとりで泊まれと言われても、どうしましょう……」

ニナがこぼした呟きに、マキハは素早く反応した。

「良かったら、一緒に泊まります？」

美しいマキハに艶然《えんぜん》と微笑まれて、ニナはぽうっと頬を染めた。

「はい、喜んで……」

そんなやりとりが後ろで聞こえたような気がしたが、今はそれどころじゃない。

「この子たちはうちに泊める。おまえはひとりで帰れよ」

「ふざけるな、今週と来週は伊藤の家だろ。子供たちと過ごしたいなら、半月待て」

離婚した際の取り決めで、ふたりの子供たちは半月ずつ両家で過ごす事になっている。

親権も凛は明臣が、宗佑は英汰がそれぞれ持っていた。

「うっ、そうだけど……。おまえが、こんなパーティーに子供たちを連れてくるから……」

眠気が限界を迎えたのか、とうとう宗佑がぐずりだした。

「うう、もうねむいよ～」

「ふたりともいい加減にして！　どっちの家に行くか決められないなら、いっそホテルでも取って全員で泊まったら!?」

明臣は娘の案に飛びつきそうになった。さすが我が娘、最高の提案だ。しかし、と明臣は我に返る。別れた元夫と同じ部屋で泊まるのは、まずいのではないだろうか。

「凛ちゃん、宗くん……」

わかっている。取り決めからすると、ここは自分が引くべきなのだ。でも半月のあいだ我が子に会えないのは本当につらいのだ。今日ふたりに会えて、どれだけ嬉しかったか。

「ふたりとも、引き止めて悪かったな。今日はもう遅いから伊藤の……」

「明臣、その」

言いかけたところで英汰に遮られた。なんだ、と目を向けると珍しく口ごもる。

「おまえはそれで、いいのか」

「いいも何も……離婚協議書に同意しているし」

「そうじゃなくて」

ああ、と明臣は胸に落ちた。最愛の子供たちと半月も離れる寂しさを、誰よりもわかっているのはこの男なのだ。くそ、と口の中で呟いた。こいつには同情されたくない。そう思うのに、相手の情に縋《すが》りつきたくなってしまう。ひとりで帰るには、皇の家は広すぎる。

「お、おまえさえよければ、今夜は伊藤の家に泊まればいい。出勤する前に自宅へ戻って支度をすればいいだろ」

「英汰……」

ホテルのロビーで足を止め、英汰は微妙に視線を逸らした。

「その代わり、今日は客室の用意をしていないから……寝室は、俺と一緒になるが……」

「えっ？　あ」

相手のことばに、頬が熱くなる。明臣を見て、英汰は慌てて付け足した。

「誤解するなよっ。別に変な真似《まね》はしないから……その、どうする？」

返事をしようとして、こくと喉が鳴る。さっきまで目を逸らしていた筈《はず》の英汰が、今は食いつきそうな目でこちらを見ていた。明臣は思わず俯いていた。

「お、俺は……その……おまえが、いいなら……」

泊めてくれ、と言おうとした瞬間、後ろから肩を叩かれる。びくり、と身を竦めるとクスクスと軽やかに笑う声が聞こえた。

振り返れば、そこにはマキハが悠然と立っていた。アルファ性剥き出しになった、ゴージャスで魅力的な笑みだ。子供の前なのに、くらっとして引き寄せられそうになる。脇腹を英汰に小突かれて低く呻《うめ》いた。舌打ちすると、忌々《いまいま》しげな顔で睨み返される。

「ちょうどお会いできてよかった。今夜泊まる場所が決まったので、こちらはお返ししますね」

差し出されたのは、このホテルのカードキーだ。マキハの横でニナが悪戯っぽく舌を出し、オリエントホテルのカードキーを見せつける。

英汰へ目を向けると、片手で額を押さえていた。わかる、とつい胸の中で明臣も呟く。子供たちを優先したのは自分たちだ。自業自得だが、手酷く振られた気分である。

「それでは、ごきげんよう」

マキハはニナの細い肩を抱き寄せると、ホテルのエントランスから颯爽《さっそう》と立ち去った。返されたばかりのカードキーを見て、凛が無邪気に言った。

「ちょうど良かった。皆で泊まって行こうよ！」

「予約した時と人数が変わっちゃうから、ホテルに相談しないと……」

変に力が入っていた全身から力を抜く。英汰が肩を落とし、はあっと息を吐き出しているのが見えた。ニナをマキハに奪われて、がっかりしているのだろう。

ちょっとだけ、いい気味だと思ったあと、自分も彼とまったく同じ立場である事を思い出した。真顔でスンと鼻を鳴らす。

（やっぱり子供がいると、恋愛関係に発展させるのは難しいよな）

どんな美女よりも我が子が大事だ。そんな事を考えながら、明臣は隣の男に声をかけた。

「おまえも泊まっていくんだろ」

「ああ」

即答だったわりに、英汰はむっつり答えた。そんなに伊藤の家に帰りたかったのだろうか。確かに朝は早く出ないとバタバタしそうである。

明臣が今夜リザーブした部屋はプレジデンシャル・スイートだ。バスルームがふたつに、広々としたベッドルーム、コネクトルームもついている。英汰が哀愁を漂わせながら言った。

「俺はコネクトルームで寝るから、おまえは子供達と一緒に寝ろよ」

「お、おう……」

スイートルームの利用客は、フロントではなく高層階にある専用ラウンジでの手続きとなる。父親たちが、悄然とエレベーターに向かう中、子供たちは元気に喜んでいた。

「久しぶりのお泊まり嬉しい～。あーあ、明日学校がおやすみだったらなー」

「おとまりかい、うれしいね」

子供たちが喜んでいるならいいか。ふっと頬を綻ばせたところで、こちらを見ていた英汰と目が合う。束の間《つかのま》見つめ合い、ふたりは同時に視線を逸らした。

2

すめらぎ製薬の創業は、桜島が大噴火した安永八年まで遡《さかのぼ》るという。創業者は薬種商大井喜一郎《おおいきいちろう》、大井の家は代々薬種商を営んできたが、明治になってから皇に姓を改め、皇商店を創立した。現在のすめらぎ製薬の礎《いしずえ》である。

　日露戦争を経て皇商店はますます発展し、大正十年に五代目社長の就任とともに、株式会社皇薬品工業へと改称した。早くから洋薬を扱い、新薬への研究費を惜しまなかった事もあり、やがて皇薬品は国内でも有数の製薬会社に躍り出た。

　平成十五年、八代目社長皇武宏《たけひろ》がすめらぎ製薬へ社名を改め、経営の近代化と多角化を推し進めた。海外の大手製薬会社をＭ＆Ａ《合併と買収》、その結果すめらぎ製薬は国内では業界トップ、世界でもトップテン入りしメガファーマ《巨大製薬企業》となった。

　その皇武宏社長の息子であり、すめらぎ製薬子会社であるすめらぎヘルスケア株式会社の経営管理部に所属する皇明臣がオメガであるという事実は、世間ではあまり知られていない。

「……そうです、旧カイザー社の商品が、前年比で二十パーセント減になっています。来年には一番の稼ぎ頭である抗鬱剤の特許も失効する。……ええ、そうです。開発コードG551-1は現在欧州医薬品庁へ承認申請を行っています」

　ワイヤレスマイクの電源を落とす。役員とのリモート会議を終え、明臣は眉間を軽く指で揉んだ。

　新薬開発には莫大な資金が必要になる。製薬会社が成長するには自社開発するよりも、

M&Aで既に優れた製品を開発した会社を取り込むほうが効率的だ。

だがメリットばかりではない。優秀な人材の流出や、頼みにしていた薬品が類似薬やジェネリック薬品の台頭で会社の合併後販売不振になる可能性もあるのだ。

まさしく、それは現在のすめらぎ製薬の姿であった。

「中座して失礼」

ノートPCを閉じ、明臣は居住まいを正した。

自宅の応接間の全身鏡にブリティッシュスーツを着こなした男前が映っていた。髪を後ろに撫でつけているため、高い額と通った鼻筋が見栄えする。瞳も髪も光を吸い込むほど黒く、逆に肌は抜けるように白い。

手足が長いので、実際の身長以上にすらりとして見える。学生の頃は道を歩いているだけで、何度もモデルにスカウトされたものだった。

結婚して子供もできた今、そんな機会もめっきり減った――かと思いきや、最近はデザイナー本人と知り合いになって、ショーに出てくれと口説《くど》かれたりする始末だ。ショーへの出演は断りつつ、明臣は新しいスーツをオーダーした。それを今、試着している。

「大変お似合いでいらっしゃいます」

スーツを届けに来たデパート外商の杉田《すぎた》が頷く。黒縁メガネにグレーのスーツは堅実を絵に描いたようだ。華美《かび》ではないが、地味になりすぎない絶妙なライン。

杉田は絶対に嘘を吐かない。この男が似合うと言うのなら納得できた。

「本日は、他にご所望の品はございますか？」

そうだな、と呟く明臣のジャケットを、杉田が恭《うやうや》しい手つきで脱がせてくれる。

「ついでに既製品のスーツを貰おうかな」

カッシーナ社のソファに腰を下ろすと、杉田からカタログを差し出された。高級感のある皮革製の表紙で、ずしりと重い。中をめくるとスーツの写真がずらりと並んでいた。

「ちなみに、どのようなスタイルをご希望されますか？」

「うーん……キメすぎず、あくまでさりげなくだがセンスよく」

杉田は明臣の傍らに跪《ひざまず》き、カタログを数ページ進めた。

「へえ、悪くないな」

「はい。こちらはイタリアの老舗なのですが、最近デザイナーが交代して若い方にも人気です」

気に入ったスーツを二点選び、スーツに合わせてシャツとネクタイと靴も選ぶ。杉田は一度社用車に戻り、商品を手にふたたび戻ってきた。

試着してみてどれも問題なかったのでその場で購入する。よく在庫を用意していたものだと感心してしまった。

「本日はありがとうございました。御用がございましたら、いつでもご連絡くださいませ」

眼鏡《めがね》のレンズをキラリと光らせ、杉田は颯爽と去って行った。

彼と皇家は、かれこれもう十年ほど付き合いがあり、お中元やお歳暮の手配に始まり、車の買い換え、旅行の予約、子供たちのアニメ映画のチケットまで用意してくれる。

明臣のワードローブも、本人以上に把握《はあく》しているため買い物はすべて彼を通していた。

ベッドの上に放り出していたスマホがアラームを鳴らす。今日はこれから伊藤の家に行く予定だ。さっそく今日購入したばかりのスーツに着替え、宿敵との対面に備える。

（キメすぎると、奴を意識しているみたいだからな。さりげなく、だがセンスよくだ）

髪を手櫛で整え、控えめに香水をつける。鏡の中の自分と目が合って、明臣はコホンと咳払いをした。

（あのクソほどモテる男がいまだに再婚しないのは……ちょっとは俺に未練があるんだろうか）

英汰と同じくらい死ぬほどモテる明臣が再婚しない理由は、子供たちだ。

別れた夫の自宅が徒歩で行き来できる距離にあり、半月ごとに子供たちと暮らす日々。もし今の状態で再婚などすれば、子供たちは複雑だろう。

明臣も英汰も子供たちの学校行事には欠かさず参加するため、先日のパーティーのように、家族四人で会う機会だって少なくない。

（あのバカが土下座して俺にプロポーズしてきたら、再婚してやってもいいんだがな！）

スマホのバナー通知に、モデルのマキハと女優橘ニナの熱愛ニュースが表示されていた。詳細を確かめるため、ニュースサイトへ移動する。

アルファとオメガのふたりは、結婚も視野に入れて真剣に交際しているとあった。明臣は思わず天を仰いでいた。

パーティーの後、マキハには失礼を詫びるため連絡をした。ほどなくして彼女から返信があった。

『謝らないでくださいね、皇さん。ニナさんと引き合わせてくださった事、私は感謝しています。伊藤さんとどうして離婚されたのかは存じませんが、復縁はお考えじゃないんですか？　……なんて不躾《ぶしつけ》ですね、ごめんなさい。ご家族皆様のご健勝、お祈り申し上げます』

マキハは外見も性格も申し分のない女性だった。彼女ならば、再婚しても子供たちと上手く付き合ってくれたかもしれない。逃した魚は間違いなく大きい。

一番の問題は、それをさほど惜しいと思っていない自分なのかもしれなかった。

（だって俺は……）

スマホに表示されている時刻を見て我に返る。いつのまにか約束の時間が近かった。玄関へ向かうと、運転手はもう車寄せに待機していた。

伊藤の家まで数百メートルの距離だが、明臣は車を使う。資産家のオメガは狙われやすく、成人でも誘拐されるのだ。海外ほどではないが、国内でも類似の事件は後を絶たない。

車に乗り込んで一分足らず、伊藤の家に到着した。

人の目を遮る背の高い塀は、皇の家と同じだ。五年前に改築したばかりの邸宅は、白に近いライトグレーの外壁で、直線を多く使ったモダンなデザインである。

正面に車をつけると、監視カメラでチェックしていたらしく、すぐに門が内側に開いた。

「お待ちしておりました、明臣様」

車を降りると顔見知りの家政婦が出迎えてくれた。英汰は既に帰宅しているようだ。応接室へ通されたが、明臣は書斎へ案内するよう頼んだ。心得た家政婦が扉をノックする。

「若旦那様、明臣様がお見えになりました」

家政婦に礼を言い、明臣は部屋の中へ進んだ。英汰は手元から一瞬だけ顔を上げたが、すぐに視線を戻した。

「来たのか」

「来るに決まってるだろ」

以前の自分なら、相手の素っ気ない態度に腹を立てているところだ。しかし離婚して五年も経てば、わかってくる事もある。

「忙しいんだろ、おまえ。律儀に立ち会わなくてもいいんだぞ」

「別に、俺が好きでしている事だ。それに忙しくない時なんかないからな」

「ふーん、あっそ」

凝視しすぎないように、明臣は英汰を眺めた。

春物らしいブルーのニットを素肌にまとい、ロールアップした白いコットンパンツに、白いレザーのルームシューズを合わせている。くるぶしがむき出しの足はドン引きするほど長く、薄手のニットは鍛えられた胸と肩が際立って見えた。

（この野郎！　普段はきっちりしたスーツばかりのくせに、ここぞとばかりに……！）

よほど重要な案件なのか、英汰はまだファイルに顔を伏せたままだ。おまえのために買ったスーツなんだぞ、と言ってやりたいが、絶対に言えない。

「それで、凛ちゃんと宗くんは？」

「今宿題をやらせている。もうそろそろやって来る筈だ」

舌打ちすると、ようやく英汰がこちらを見た。じっくり明臣を眺め、立ち上がる。窓の外へ視線を向けながら英汰が言った。

「そのスーツ、悪くないな」

明臣はふん、と鼻を鳴らした。ストレートに褒めればいいのに素直じゃない。

「いいだろ、これ。杉田さんに教えて貰ったブランドなんだ」

明臣の言葉に、素早く英汰が振り返った。あまりにも勢いがよくて、つい心配になる。

「そんなにいきなり動くと首痛めるぞ」

「いつもその杉田とかいう男に頼っているが、洋服くらい自分で選んだらどうなんだ？」

「自分で選んでいるぞ。今日だってシャツとスーツを生地からオーダーしたばかりだし」

「違う……そういう意味じゃなくて……」

首を傾げる明臣に、英汰が額に片手を当てた。

「外商ばかりに頼らず、実店舗へ足を運べと言いたいのか？　移動時間の無駄だろ」

英汰が苦々しい顔をする意味がわからない。訊ねかけたが、扉をノックする音に遮られた。

「お父さん、宿題終わったよ」

「おわったよー！」

子供たちが部屋に転がり込んでくる。明臣の姿に気づき、ふたりが駆け寄ってきた。

「凛ちゃん宗くん、お迎えに来たよ」

「パパだー！」

片手で宗佑を抱き上げ、凛の髪を撫でる。

「こら宗くん、パパじゃなくてダディでしょ」

「はい、ダディ！」

宗佑の元気な返事に耳がキーンとする。しかし可愛い。ぼそっと低い呟きが耳に届いた。

「何がダディだ」

つい「あぁ!?」と、上流階級出身とは思えぬ柄の悪さで振り返る。それをいなすように凛が言った。

「ねえねえ、私お腹空いちゃった！」

明臣が答えるより先に、英汰は言った。

「それじゃあ皆で食事にしよう。明臣、おまえのぶんも用意しているからな」

反射的に断ろうとして、英汰に無言で制された。宗佑が飛び跳ねながら「やったー、みんなでごはん！」と喜んでいる。確かに子供の笑顔を曇らせるのは明臣の本意ではない。

素直に返事をするのが癪《しゃく》で、我ながら幼稚だと思いつつ、短く頷くにとどめる。そんな明臣の態度に、英汰はすこしだけ口元を綻ばせた。ふたりのあいだに、妙にむず痒い空気が流れた。

「お父さんたちってば、いい年して思春期みたい」

娘の呆れ声に明臣はハッとする。

「凛ちゃん、今何か言った……!?」

「別に～、私は何も～」

「今明らかに何か言ってたよね？」

ダンディで頼れる父親像の危機ではないか。焦る明臣をよそに英汰が言った。

「食事の準備が整ったそうだ。行くぞ」

英汰のスマホに厨房《ちゅうぼう》から連絡が入ったようだ。

凛と宗佑と手を繋ぎ、ダイニングルームへと向かう。扉から出ようとしたところで、英汰にそっと腰を抱かれた。大袈裟に反応しかけるが、なんとか耐える。

英汰は留学経験者だ。エスコートするのが習慣になっているだけで、きっと何も考えていない。

(たらし野郎め。コイツのこういうところがいけ好かないんだ)

伊藤家の食事は、すべて専属の料理人が調理する。月水金日が和食で、他の曜日は中華や洋食、エスニックなど様々だ。今日は水曜日なので和食である。

食事時まで喧嘩《けんか》したくないのは、誰も同じだ。この時ばかりは英汰も明臣も穏やかである。だがそれも、宗佑のことばが出るまでだった。

「もうすぐうんどうかいなの。たのしみだね～」

英汰は蛤《はまぐり》の吸い物を口にして、静かに碗をテーブルに置いた。

「勿論、観戦に行くからな。お弁当もとびきりのものを用意するから、楽しみにしていなさい」

明臣は空也蒸《くうやむ》しの百合根《うち》をそっと嚥下し、首を傾げた。

「いや運動会の弁当は皇が用意するが？　凛ちゃんとも約束したたし」

うん、と凛は鯛《たい》の手鞠寿司《てまりずし》を頬張った。もぐもぐ食べる姿がハムスターのようで可愛らしい。

「今年はサンドイッチがいいの！」

「フルーツサンドも用意するからな」

親子でにっこり微笑み合う。英汰がくっと眉を寄せた。

「サンドイッチなど力が出ないだろう。日本人なら米を食べなさい米を。やはりここはお父さんの懐石《かいせき》弁当の出番だろう」

真面目《まじめ》くさった顔で、言っている事は仕様もない。明臣は鼻を鳴らした。

「何がお父さんの懐石弁当だ。調理するのは清水《しみず》さんだろ」

「料理を料理人に頼んで何が悪い。皇の弁当だってプロが作るんだろうが」

「プロの仕事が悪いわけないだろ。それを自分の手柄にしようとしているのがダメなんだよ」

「俺がいつ自分の手柄にした？」

「たった今しただろうが、若年性アルツハイマーか？　いい医者がいるから紹介してやる」

「名医の知り合いなら、世界各国に二十人以上いる」

「そうか、俺は三十人はいるが？」

完全に小学生レベルの言い合いだった。パンパンと凛が両手を打ち鳴らす。

「ふたりとも、お食事中にお行儀が悪い！　宗くんが真似するからやめて」

ごめんなさい、と謝る声が重なった。お互い睨み合い、明臣は努めて声を低めた。

「運動会は来週の金曜日、つまり俺が子供たちを預かっている期間内だ。こちらが弁当の用意をするのが妥当では？」

凛がうんざりした様子で言った。

「もう、まだ続けるの？」

「だって凛ちゃん～」

娘に叱られてしまったが、こういう事はきちんと決めておかないと当日揉める。たらの芽の天ぷらで口周りをテカテカにしながら宗佑が手を上げた。

「はい！　パパとおとうさん、おべんとうをふたつもってきて、こうかんしたらいいともう！」

「さすが宗くん頼りになる！　パパは洋食弁当担当で、お父さんは和食弁当担当にしたら、それぞれ楽しめるね。先に言っておくけど、バカみたいな量を持ってこないでよ」

小学校一年生以下と断じられた父親ふたりだった。だがそういう事なら、と明臣も英汰も合意する。その後は特に揉める事なく、四人はつつがなく食事を終えた。

リビングに移動して皆でお茶を飲んでいると、英汰がすっとグラスを差し出してきた。ウイスキーのロックだ。

「なんの真似だ」

「……別に。俺が飲むからついでだ」

受け取って、すこしだけ口に含む。英汰の魂胆《こんたん》はわかっていた。子供たちが家からいなくなってしまうのが寂しいのだ。だからなんとか別れの時間を引き延ばそうとして、なんなら一泊させようとしている。

(三十年もののウイスキーまで開封して……くっ、いい酒だ)

酒は好きだが、さほど強くない。ちびちび舐めるように飲みながら、明臣はサイドボードへ目を向けた。

そこには家族四人で写った写真が飾られている。ベッドの中で半身を起こした明臣がまだ赤ん坊の宗佑を胸に抱き、凛と英汰がベッドの端に立っている。宗佑が生まれた時、病室で看護師に撮ってもらったものだ。

この写真を撮った一ヶ月後、明臣と英汰は離婚した。

(結局これが、最初で最後の家族写真になったな)

たとえば――もし離婚していなければ、ここに飾られる写真は、もっと多かっただろうか。

アルコールのせいか頬が火照る。明臣はきっちり締めていたネクタイを外し、シャツのボタンをひとつ外した。

ごきゅ、とやけに大きな音を立てながら、英汰がウイスキーを呑みくだす。

「酔ったのか？　顔、真っ赤だぞ……」

「ん、ちょっとな」

ソファのヘッドレストに後頭部を預け、明臣はふうと息を吐いた。頭がすこしぽわぽわする。テレビを見て笑う子供たちの声を聞きながら、明臣は目を閉じた。心地《ここち》いい酩酊《めいてい》感に、このまま寝てしまったら最高だな、と考える。

「眠いのか？」

低い囁きが耳をくすぐる。ずっと聞いていたい、いい声だ。目を開けると、深い色の瞳がこちらを覗き込んでいた。

「ほら、こぼすぞ」

子供をあやす時の顔で笑われ、グラスを奪われる。まだ飲み足りなくて、手の甲に軽く爪を立てた。だが綺麗に整えている指先は、手の甲をするりと撫でただけで終わってしまう。グラスの中の液体が、微かに揺れた。

テーブルにグラスを置く前に、英汰が中味を口に含んだ。俺のだ、と声に出さずに呟くと、相手の瞳がわかっている、とでも言いたげに弓なりに細められた。ゆっくり近づいてくる濡れた唇を、最後まで見ていられなくて明臣は目を伏せる。

「きゃー！」

宗佑の笑い声に、明臣はハッとして英汰の胸を押しのけた。ゴク、と喉を鳴らしたあと、英汰が激しく噎《む》せた。度数の高い酒が気管に入ったのだろう。

明臣は無言でその背をトントンと叩いてやった。

(この野郎……子供を引き止めるために、ここまでやるか)

危うく流されて泊めて欲しいと言うところだった。時計を見ると八時三十分を過ぎている。凛はともかく宗佑はもう寝る時間だ。

「宗くん、凛ちゃん支度をしなさい。そろそろ帰るよ」

明臣のことばに、ふたりは「はーい」といい返事をした。英汰が憮然《ぶぜん》とした顔を隠しもせずぼやく。

「くそっ、なんて聞き分けのいい……」

そうなのだ。子供たちが、もうちょっとここにいたいとか、愚図《ぐず》ったりゴネたりしてくれたら「仕方ないから今日は泊まって行こうか〜」なんて言い出せるのだが——。

子供たちは、物心をついてから父親たちの家を行き来する生活を続けているため、これが当然だと思っている。父親たちばかり、ひたすら寂しいのだった。

(この野郎が今すぐ俺に土下座して『どうか俺と再婚してください。一生なんでも言う事を聞きます』って言えばすむ話なんだけどな!)

涙目で洟《はな》をかむ姿さえ男前な元夫から目を逸らし、明臣は運転手に車を回すよう連絡した。

玄関まで見送りについて来た英汰が、ホームセキュリティを解除しながら宣言する。

「次に会うのは運動会か。お父さんかけっこで一等賞取るからな。ふたりも頑張るんだぞ」

わかった、と答える子供たちをよそに、明臣は肩を竦めた。

「一等賞取れるといいな？　百メートル走のタイムは、俺のほうが〇・五秒早かったが」

「は！　そんなの誤差のうちだろ。しかも高校生の頃の記録じゃないか」

「どちらにせよ、おまえには絶対に負けない」

「勝つのは俺だ、明臣」

盛り上がるふたりに、凛が冷静に言った。

「ひとつの競技に、家族ひとりしか出られないけど」

じゃあ駄目か、と諦めかけて明臣はハッと気がついた。

「こいつとは、別家庭だもん！」

「一緒に観戦して、お弁当交換するのに～？　宗くんと私離れ離れになるの？」

「いや……こいつだけ、別の場所でひとり観戦させる」

明臣の容赦ないことばに、堪りかねた様子で英汰が叫んだ。

「そんな事したら、奥様たちから逆ナンされまくる！　頼むから止めろ！」

「はあ～？　おモテになる方は言う事が違いますね～？」

いつまで経っても現れない主人たちを待ちわびて、運転手が顔を覗かせた。言い合う明臣と英汰を見て、すぐに察した様子で車に戻って行く。

「パパなんか奥様だけじゃなくて旦那様からもナンパされるでしょ！　さあ帰ろう」

「へ、あ!?」

それだけ叫ぶと、凛は宗佑の手を掴み、運転手の後を追いかけた。英汰のそばにひとり残された明臣は、じとりとした視線に晒されるはめになった。

「明臣、おまえ……」

「ちょ、ちがっ……あれは凛ちゃんの冗談だって！」

頻繁《ひんぱん》に元夫と会っているとはいえ、明臣は独身だ。確かに男から誘いを受ける事はあるが、さすがに子供の同級生の父親から口説かれた事はない。

「とにかく！　運動会で活躍するのは俺のほうだから……。えっと、凛ちゃんたちが車で待ってるから、それじゃあ」

言いたい事だけ言って背を向ける。だが扉を半分出たところで、手首を掴まれ引き戻された。

「もしおまえにちょっかいを出す旦那がいたら、俺が殴ってやる」

身じろぎもできぬまま、英汰を見た。瞳の色が濃い。いつもは冷たく感じるほど理知的な瞳が、今は獣のようにギラギラ輝いていた。背筋がそそけだち、膝が震える。後ろが濡れるのが自分でわかった。奥歯を噛み締め、発情に耐える。

掴まれているのとは反対の手で、明臣は英汰の胸を殴りつけた。

「そんな真似してみろ。TTモバイルの社長、息子の同級生の父親を殴って逮捕、ってニュースになるぞ」

数回瞬いて、英汰は掴んでいた手首を放した。

「腕のいい弁護士を、国内だけで三人知ってるから問題ない」

「問題あるだろ、バカ……」

下着がぬるぬるしていて気持ちが悪い。英汰はまだぼんやりしているようだった。それをいい事に、明臣は伊藤家を後にする。車に乗り込むと、運転手が待ってましたとばかりに発車させた。

凛と宗佑がヘッドレストモニターに映ったアニメを見て、一緒に歌っている。

シートに深く身を沈めながら、明臣はさきほどの英汰の様子を思い返した。

彼のようにアルファ性が強い人間は、激情に駆られるとアルファ特有のフェロモンが著しく活性化する。そして一部の高位アルファは、性フェロモンの他に攻撃フェロモンも分泌すると言われていた。

抑制剤は性フェロモンの活性物質を阻害する。攻撃フェロモンにも一応効果があるが、性フェロモンに対するほどの薬効はない。

さきほど明臣が当てられそうになったのは、攻撃フェロモンだ。性フェロモンではないが、強いアルファ性にオメガの本能が引きずられた。つまり発情しかけたわけである。

（あいつが、あんな風になるなんて珍しい事もあるもんだ）

さきほどは元配偶者である明臣が他の男《アルファ》に狙われると知って、箍《たが》が外れそうになったのだろうか。つい浮かれそうになる自分を必死に戒《いまし》める。

（あいつが俺に執着するのは、俺が〝オメガ〟だからだ。俺自身を見ているわけじゃない）

政財界の大物や、大企業の役員、会長社長、芸能人たち、多くのアルファと出会ってきたが、明臣はいまだに英汰以上のアルファを知らない。

その彼に、オメガとして求められただけでも、喜んで受け入れるべきだ。多くの人間はきっとそう言うだろう。

オメガはアルファに従属し庇護されたがる。本能がそのようにできているのだ。

だが明臣は全力でそれに抗っている。くだらない意地だ。そんなの自分が一番わかっている。けれど、どうしても譲れなかった。

（もしもあいつが俺を見て、本気で望むなら……その時は考えてやらない事もない）

子供たちの事を考えたら、両親が揃っている家庭のほうが望ましい――子育てするのに、シンプルに大人の手が多いほうが便利だ。

凛の親権は明臣が、宗佑の親権は英汰が持っている。戸籍上では、ふたりは片親なのだ。

（俺ひとりだって、幸せにしてやれる）

英汰とは離婚しているとはいえ、月の半分は一緒に過ごしているし、精神的にも物質的にも不自由させていない自負がある。

（心配するな、凛ちゃん、宗くん。もうすぐあの野郎を俺にメロメロに惚れさせて、ぎゃふんと言わせてやるからな！）

英汰が涙ながらに求婚してきたら、最高にもったいぶった上で了承してやるのだ。

（あいつと子供たち、四人で同じ家に住むんだよな……）

明臣は、傲慢《ごうまん》な男が己にかしずく様を想像した。朝目が覚めた瞬間から、夜眠りに落ちる瞬間まで、とことんこき使ってやる。

英汰の事を絞り尽くした暁《あかつき》には、もうひとり兄弟を増やしてもいいかもしれない。ふふっと無意識のうちに笑っていた。

「ねえパパ……そうやって悪い顔で笑ってると、このアニメに出てくる敵役そっくりだよ」

凛に言われ、明臣は思い切り驚いた。

「俺に似てるだって!?　このアニメにそんな格好いい敵役いたか？」

父親の剣幕《けんまく》にも慌てず、凛はクールにモニターを指差した。

「ほらこのキャラ」

高いビルの屋上で、いかにもヴィランっぽい男が高笑いしている。

「全然似ていない。しかも格好良くもない。こんな奴、英汰のほうがまだマシじゃないか」

「えー、結構格好いいもん。パパとお父さんを基準にしたらおかしくなるから。ねえ、宗佑？」

唇を尖らせて、凜が宗佑に同意を求める。全然話を聞いていなかったくせに、宗佑は姉のことばに「うん！」とニコニコと頷いた。

「宗くんは素直でいい子だね。パパたちも、もっと素直になればいいのに〜」

車が自宅前に到着する。聞こえなかった振りで、明臣は後部座席のドアを開いた。

3

高校入学数日前、皇家に一通の封書が届いた。

それはバース証明書で、明臣の第二の性がオメガであると記載してあった。

その時の衝撃を、明臣はきっと生涯忘れないだろう。

自分は皇家を継ぐものであり、アルファであると周囲も自分も信じて疑わなかった。実際、明臣はアルファ的特徴を多く備えていた。同年代と比べて高い身長、優れた知能、リーダーシップ。逆にオメガに当てはまる特徴は皆無だった。

データの取り違えを疑って、すぐに地元の病院で再検査を受けたが、結果は変わらなかった。

明臣が真剣に自死を考えたのは、後にも先にもこの時のみだ。

母親は「あら、あなたオメガだったのねえ」と言ったきり、普段どおり明臣に接した。腫れ物に触るように接して欲しいわけではない。だが、母の振る舞いは無神経に感じられた。出された食事にもほとんど手をつけず、部屋に引きこもる。

数日後、父は暗い目をする息子を己の自室へ呼び出した。大きなデスクで何やら書き物をしながら、チラリとこちらを見る。

「何故おまえを呼んだかわかるな、明臣」

はい、と明臣は惨めな気分で目を伏せた。いっそどこかへ消えてしまいたい。

「ごめんなさい、父さん。俺は……」

「おまえは何を謝るんだ？」

父親の残酷なことばに、ずっと押し殺していた感情があふれた。

「俺はオメガだった！　皇家の後継者として相応《ふさわ》しくない！」

誰も彼も、明臣はアルファだと、それ以外はあり得ないと思っていた。自分自身も含めてだ。

しかも近所には、日本を代表する電気通信事業を立ち上げた伊藤家が住んでいる。奇《く》しくも伊藤の嫡男《ちゃくなん》は明臣と同い年だったため、一族のあいだで『伊藤に負けるな』は合言葉だった。

父がゆっくり椅子から立ち上がる。父は年齢のわりに背が高く百九十センチ近くある。

典型的なアルファの特徴だ。それだけに正面に立たれると威圧感があった。

「よくやったな、明臣」

一瞬、何を言われたのかわからなかった。父が鷹揚《おうよう》に笑う。

「おまえがオメガなら、皇家の血は確実に遺る」

「皇家の血……？」

両目をしばたたかせる明臣に、父は悪戯っぽく笑ってみせた。

「いいか明臣。アルファなぞ所詮種をバラまくだけの猿だ。父親が誰かなんて、ＤＮＡ鑑定でもしなけりゃ確実にはわからん。だがなオメガは自分の胎《はら》に子を宿す」

まごつく息子に、父は真剣な目で続けた。

「おまえが身ごもり産んだ子は、必ず皇の血筋だ」

「いや、それはそうだろうけど……」

結婚相手を裏切り、浮気相手の子供を妊娠する事を、カッコウなどの習性になぞらえ『托卵《たくらん》』と呼ぶ。明臣もそれは知っているが、極端すぎる話だ。父は顎をするりと撫でた。

「それだけじゃない。もし結婚して子供を作ったとしよう。万が一離婚となった時、親権は養育実績が物を言う。産んだ側が圧倒的に有利だ」

「結婚する前から離婚の話をされてもな」

「あらゆるケースを考慮しておくのは必要な事だ」

思春期の息子にする話か、と明臣は少々呆れる。そして何故か気持ちが楽になった。

「考えてもみろ、オメガの令嬢など死ぬほど甘やかされて育つんだ。ご機嫌を取るのも一苦労だぞ。その点、おまえは機嫌を取られる側になるわけだからな」

確かに、と頷きかけて明臣はかぶりを振った。

「アルファの令嬢もプライドが高くて大変では……」

「だったらアルファの男を選べばいい。選択肢が二倍になって良かったな」

いいわけあるかと言いたい。アルファの女性には陰茎がついているし、男は言わずもがなだ。

「男と結婚するのはご免だ。しかもアルファなんて、高慢ちきな野郎に決まっている」

親族の男はほぼアルファだ。どの顔を思い出しても、癖《くせ》がある奴らばかりである。

「確かにおまえの言う通り、アルファなんて男も女も山のようにプライドが高い奴ばかりだ。だがな、そういう高慢ちきなアルファどもに、ちやほやされるのも悪くはないだろう」

「ちやほやされる……？」

オメガだと知られたら侮《あなど》られるのではないか。身近にオメガ性を明らかにしている人間がいないので実際は不明だ。それだけ希少な種で、イメージばかりが先行している。

「さてこの際だ、不安があるなら言ってみなさい」

父に促され、明臣は唇を噛む。

「オメガにはヒートがあるだろ。周囲のアルファどもと比べて、大きなハンデになる……」

オメガの特徴が子供を産めるだけなら問題ない。問題なのは定期的に訪れる発情期だ。

幼い頃からトップを目指せと言われてきたし、期待されて当然だと思っていた。明臣にはその能力《ちから》があったからだ。

しかし第二の性がオメガであるなら、すべての前提が崩れ落ちる。ヒートのたびにセックスの事しか考えられない、浅ましい生き物になってしまう。それは恐怖だった。

獣《オメガ》になど、なりたくない。自然と視線が爪先へ落ちた。

「自信がないのか？」

淡々と訊ねられ、明臣は顔を上げた。

「自信がない？　なんの自信……？」

「これから先アルファと戦って勝つ自信だ」

「俺は――」

明臣は高等部への進学を控えていた。しかも日本でもトップクラスの大学の付属校で、生徒にはアルファも多い。そこで首席を目指すなら、間違いなくライバルはアルファたちだ。

社会に出てからも同じである。もしすめらぎ製薬を継ぐのなら、重役のほとんどはアルファで、そんな彼らの上に君臨しなければならない。

「今なら、オメガ専用の高校に編入する事もできる。明臣、おまえが決めていい」

父が言っているのは、高校進学の話だけではない。皇本家の長男だからといって、必ずしも会社を継ぐ必要はない。父には兄弟がいるし、その兄弟にも子供たちがいる。その中の何人かは確実にアルファだろう。

父はただ明臣が答えるのを待っていた。

「……っ」

オメガはアルファには勝てない。世間も自分も、勝手にそう決めつけていた。差別などくだらないと思っていた筈なのに、自分もどこかでオメガを見下していた。それが今、すべて自分に返ってきている。

(戦ってさえいないのに、負けを認めなければいけないのか？)

嫌だ、と思った。たとえアルファだろうが、負けたくない。

「オメガ専門の高校だからといって、レベルが低いわけではない。ヒート専用のスタッフがいたり、教師陣もオメガで揃えている」

そしてそこにはアルファがいないのだろう。明臣は首を左右に振った。

「負けた時の言い訳を、今からしたくない。オメガ専門の学校には行かない」

そうか、と父は短く答えた。

正しい選択かどうかはわからない。だが明臣はもう迷わなかった。

まだヒートを経験した事がない。明臣がヒートについて知っている事は、学校の保健体育の授業と下世話な噂話で仕入れた乏しい情報だけだ。それでもやるしかない。

「明臣、ヒートを恐れるな。だが決して油断もするな」

父の掌《てのひら》が、ぎゅっと明臣の両肩を掴んだ。

「かつて、オメガはアルファと同じかそれ以上いたと言われている。だが妊娠出産で少なくないオメガが命を落とした。近代になり、オメガの生存率は劇的に改善されている。何故だかわかるか？」

「医療が発達したから、妊娠出産で死ぬオメガは少なくなった？」

明臣のことばに父は頷いた。

「半分正解だ。オメガの生存率が上昇したのは、抑制剤のおかげだ」

父は頬を緩めてみせた。

「我がすめらぎ製薬でもヒート抑制剤を作っている。かつては副作用に苦しめられたものだが、今はかなり改良された。デメリットがないわけじゃないが、オメガの生活は楽になったと言われている」

「デメリットって？　怠《だる》くなったりとかそういう……」

父は頷いた。

「どんな薬にも副作用はつきものだ。そのへんはかなり個人差があるのでなんとも言えん。そして抑制剤を服用した際の最大デメリットは、互いのフェロモンが感じられなくなる点にある」

父の意外なことばに、明臣は首を傾げた。

「フェロモンを感じないのがデメリット？　メリットだろ、それ」

抑制剤がなかった頃は、ヒートに当てられたアルファにオメガが集団暴行されるのも珍しくなかったと聞く。フェロモンを感じないのなら、そういう事故も減るだろう。

「現代の抑制剤が優秀すぎて、よほど敏感な人間以外はフェロモンを感知する事ができなくなった。たとえ運命の番に出会ったとしても、互いに認識できないほどだ」

かつては身勝手なアルファにより、オメガが望まぬまま強引に番にさせられるケースが度々あった。厳重な法整備が整った現代では、考えられない事態だ。

現在オメガの了承なく番とした場合、強制性交等致死傷罪にあたり、無期または六年以上の懲役に処せられる。また医療の発達により、かつては解除不可能と言われていた番関係も今は外科手術によって解除可能となった。

ただしオメガの身体に傷跡が残るため、オメガの負担が大きい事には変わりない。

「抑制剤が普及してずいぶん経つからな。今じゃ運命の番など都市伝説の類だと言われる始末だ」

ふうん、と明臣は頷いた。運命の番などドラマの中の出来事くらいに思っていた。

「オメガの立場からすりゃ、襲われるよりはずっとマシだな」

「ああ、だからこうして抑制剤が普及しているんだ。ちなみに抑制剤を使っていると通常の性衝動にも影響が及ぶ」

早い話、性欲そのものが減退するという事らしい。明臣にはまだ関係ない話だが、妊活する場合は抑制剤を使わないほうがよさそうだ。

皇の人間なら、しかるべき時にしかるべき相手と縁談の話が舞い込んでくるだろう。運命の番と出会ったところで、邪魔になる可能性が高い。

映画やドラマでは、身分違いの運命の番と駆け落ちするような話が好まれるが、ロマンティックさは不要だ。

「抑制剤は今も改良され続けているんだ。すめらぎ製薬が全面的にサポートしてやれる」

「ありがとう」

自分が崩れるような、不安はもう感じない。アルファに生まれなかった罪悪感も、たった今投げ捨てた。

（オメガだろうと勝てばいい。並みいるアルファたちを押しのけて勝ち続けてやる）

明臣はぶるりと身体を震わせた。不安からのものではなく、それは武者震《むしゃぶる》いだった。

「おまえは俺と母さんの良いところ取りで本当にいい男だ。アルファなぞ手玉に取ってしまえ」

父の言葉に笑ってしまった。

わざわざ言われなくとも、アルファに従順なオメガになるつもりはない。そもそも明臣は典型的なオメガの容姿とはかけ離れすぎている。中性的で少女と見紛うようなオメガたち、彼らのように振る舞うのは無理だ。

「話は以上だ。もう行っていいぞ」

忙しい父の貴重な時間を割いて貰った事を謝るべきだろうか。そんな事をしてもきっと父は喜ばない。だから書斎の扉を閉める前、明臣は宣言した。

「色々ありがとう父さん。俺、アルファどもを支配するオメガの王になるから！」

「明臣、おまえが元気になってくれて本当に嬉しいぞ。だがな父さんは、そこまで言ってないからな……？」

父の呟きは明臣には届かない。ただ来るべき明日へ思いを馳《は》せつづけた。


高等部の入学式の日がやって来た。

中等部は都内だが、高等部からは神奈川県に校舎がある。明臣は式場入り口に整列する新入生たちへと目を向けた。

見渡す限り男子しかいない。中等部まで一緒だった女子たちは、同系列の女子校へ進学するからだ。明臣と同じ内部進学組が、地獄の始まりだ、と小声でぼやくのが聞こえた。

確かに、と明臣は心の中で同意する。格別色恋沙汰に興味がない明臣でさえ、少々うんざりする眺めである。端的に言ってむさ苦しい。

せめて明臣の美貌で無聊《ぶりょう》を慰めたいとでも言うように、不躾な視線を幾つも感じた。

（あー、鬱陶しい）

同級生どもに、本気でどうこうされるとは思わないが、己がオメガだと思うとぞっとしない。半数近く外部進学者がいるので、特に今日は注目を浴びているようだ。

授業が始まれば、ある程度は落ち着く筈だと言い聞かせる。明臣は腕時計を確かめた。まもなく式が始まる時間だ。

（ん？）

まとわりつくようだった視線が、ふっと軽くなる。珍しい、と明臣は反射的に思った。どこにいても人の視線を集めるのが常だった。明臣以上に注目を浴びる人物が、この場にいるという事だ。

（教師か？）

明臣は人々の視線の先を確認した。すぐにその人物が判明する。

（あいつだな）

皆と同じ詰襟の制服に身を包み、真っ直ぐに前を向いている。明臣は不思議に思った。長身だが、それが目立っている理由ではない。

すこし幼さの残る顔立ちだが、確かに美形の部類だろう。

何かスポーツでもやっているらしく、髪は清潔に短く整えられている。キリッとした眉に、切れ長の二重、すっきり高い鼻梁、引き締まった口元は意志が強そうだ。しかし目鼻立ちの造作なら、確実に明臣のほうが整っている。

それにも拘らず〝彼〟は圧倒的に周囲から際立っていた。目に見えないオーラのようなものが出ているとしか思えない。理由がわからないのに、とにかく気になって仕方がないのだ。

数秒たっぷり視線を奪われてから、明臣は思い切り顔を顰めた。あいつはきっとアルファだろう。そう、なんの理由もなく決めつけた。

（ふん、外部生だから物珍しいだけだな）

ひとりで苛々していると、式場の扉が開いた。ようやく新入生入場が始まるらしい。

割れんばかりの拍手に包まれて、来場者たちの前を行進する。両親の姿を探したが、さすがに見つけられなかった。教師の合図でパイプ椅子に腰を下ろした。

マイクの指示に従って、立ったり座ったり国歌を斉唱したりとそれなりに忙しい。学校長及び来賓の祝辞、祝電、在校生からの挨拶を聞き流すうちに、入学式はつつがなく進んでいった。

「次、新入生代表挨拶、伊藤英汰くん前へ」

はい、と清々しい返事が式場内に響き渡る。椅子から立ち上がった生徒を見て、明臣はあっとちいさく声を漏らしていた。

〝彼〟だ。新入生代表ということは、入学試験をトップで合格したのだろう。そして伊藤英汰という名を知って、明臣はすべて理解した。

（そうか、アレが伊藤の……典型的なアルファだな）

比較的家が近所なうえ生まれた年が一緒だったため、明臣は伊藤の倅《せがれ》には負けるな、と言われて育った。皇の意地だか見栄だか知らないが、明臣には関係ない。そもそも通っている園も学校も違うのに、どう勝ち負けを決めるのか。

まともに取り合うつもりもなかった明臣だったが、これからは違う。

（はは、面白くなってきた）

武道でもやっているのか、真っ直ぐに伸びた背が美しかった。制服の上からでも鍛えられた身体であることが窺えた。

（相手がアルファだろうが関係ない。勝つのは俺だ）

緊張した様子もなく、英汰は壇上に立った。人前で話す事に慣れていそうだ。

マイクの前で一礼し、彼はゆっくり口を開いた。

「春の訪れを感じられる、今日この良き日に――」

その瞬間、明臣は戦慄した。

声に、吸い寄せられる。そうとしか言えない感覚だった。低く滑らかな声なのに、どこか甘く響く。ほとんど貪《むさぼ》るようにして、明臣は聞いた。生まれて初めての強烈すぎる感覚に戸惑う。これは一体なんなのだ。彼の声だけをずっと聞いていたかった。死ぬまで、ずっと。

「本日は私たち新入生のために、このように盛大な式を挙行して頂き……」

ぎり、ときつく奥歯を噛み締める。軽くかぶりを振って意識を散らした。

式場内を見渡すと、ほとんどの人間が息を詰めるようにして、壇上の英汰を見つめていた。首の後ろがぞっと粟立つ。

（あんな奴が、いるのか……）

カリスマだとか、本物だとか、そんな単語が脳裏を過《よぎ》った。

皇家の嫡男として、現役の大物政治家や企業のトップと会う機会も少なくない。伊藤英汰は、彼らと同じかそれ以上の存在感があった。明臣は、はは、と青ざめながら笑っていた。

(ますます面白いじゃないか。アレなら相手にとって不足はない)

中学時代はずっと明臣のひとり勝ちだった。もっと歯ごたえのある相手が欲しかった。

(あの爽やかな面がいつまで続くか見ものだな。吠《ほ》え面《づら》かかせてやる)

壇上でスピーチを終えた英汰が一礼する。熱に浮かされたように、明臣はその姿を見つめていた。


「――ヒトもフェロモンを分泌するのはよく知られている。性周期同調フェロモンなどはその代表として挙げられるだろう。勿論フェロモンについて、すべてが解明されたわけではない。近年マウスによる実験で揮発性のフェロモンが……」

隣から、ふあと欠伸《あくび》をする音が聞こえた。ベータの彼にとって、第二の性はまったくの他人事なのだろう。オメガの発情フェロモンは、ベータにはあまり効果がないと言われている。彼らはアルファほど、フェロモン受容体が発達していないせいだ。

(ベータのフェロモン受容体が未発達なのは、進化か退化か)

ふあ、とまた隣の生徒が欠伸を漏らす。

教科書をぼそぼそ読み上げる教師の声が悪い。明臣でさえ眠気を誘われそうになる。

「つまり世間で〝運命の番〟などと呼ばれている関係も、実際のところは遺伝子的に特別相性が良いだけだと言っていい。ドラマや映画はフィクションだからな。運命の番同士が惹き合って『共鳴』を起こすという噂もあるが、現段階では明らかにされていない」

先生、とひとりの生徒が挙手した。教師が指名すると、生徒はニヤニヤしながら言った。

「つまり運命の番って実在しないいんですか？」

ははは、とあちこちで失笑が起きた。皆、運命の番など都市伝説だと思っているのだ。

「目と目が合っただけで、お互い恋に落ちる。そんな関係ではないという話だ。アルファの総人口は約二億三千万人、オメガは約八千万人、そのなかで特別に相性がいい二人だと考えるなら、私は十分ロマンティックだと思うがね」

明臣は『運命の番』を馬鹿にするつもりはない。ただこの広い世界で、偶然『運命の番』に出会える確率など、宝くじに当たるより低いだろう。そんなもの存在しないのと同じだ。

「さて授業に戻ろうか。アルファとオメガの出生率は年々減少傾向にある。つまり総人口に対しベータの比率が上昇しているというわけだ」

つまりオメガもアルファも、やがては淘汰される性なのかもしれない。明臣は男も女もベータしか存在しない世界を想像してみた。それはそれで平和そうだ。

（この世界に最後に取り残されたアルファとオメガがいたとして、そのふたりは運命の番と呼んでいいのか）

教師が腕時計を確かめて、締めのことばを言うと、日直がすかさず号令をかけた。昼食を買うため購買に走る生徒を皮切りに、教室中が一斉にざわめいた。

昼食を終え、クラスメイトたちと雑談する。教室内で明臣はカーストのトップだ。自惚《うぬぼ》れでもなんでもなく、幼稚舎の頃からクラスの中心人物で、常に取り巻きに囲まれている。

教室の入り口から教師がひょいと顔を覗かせる。昼休みの喧騒が一瞬途切れた。

「日直……は席を外してるのか。悪いな皇、次の授業で使うレジュメを運んでくれないか」

「わかりました」

手伝おうか、と数人が申し出るが、明臣は断った。教師と連れ立って職員室へ向かい、プリントの束を受け取る。

「次の授業までに配布しておいてくれ」

「はい」と明臣が頷くと、教師は悪いなと言いながらデスクの上の電話を手に取った。何やら忙しない様子だ。軽く頭を下げ、職員室を後にする。

レジュメは三枚綴《つづ》りになっていて、渡された時は大した量ではないと思ったが、職員室から教室まで運ぶとなると意外と重かった。手伝いを免《まぬが》れた日直を恨みたくなる。

ふっと前髪が揺れた。窓から入ってくる初夏の風が、汗ばんだ肌に心地いい。教室まであとちょっとだ。風が、さきほどよりさらに強く吹き込んだ。

レジュメが吹き飛びそうになり足を止める。背後で舌打ちの音がして、明臣の真横をひとりの生徒が足早に通り過ぎて行く。急に立ち止まり悪かったなと思ってから、相手が何事か呟いている事に気づいた。

「……aは実数とした場合、xの二次方程式は……aの範囲……」

青白い顔には隈《くま》が目立ち、どこか思いつめた様子だった。重たい前髪と分厚い眼鏡、中背だが姿勢が悪いため小柄に見える。明臣はその生徒に見覚えがあった。

(確か、野村《のむら》とか言ったか)

先日行われた前期中間試験の成績優秀者が各学年十名ほど廊下に張り出された。一年の主席は伊藤英汰で、明臣が次席、そして三位がこの野村だ。

正直、テストはかなり手ごたえを感じていた。それだけに首席を逃したのはショックだった。明臣にとって、生まれて初めての敗北だ。次こそは絶対に負けないと己に誓う。

改めて野村の猫背へ目を向けた。

(あいつも相当難儀な奴っぽいな)

野村は伊藤英汰と同じ中学校出身だという。彼は英汰を追いかけて、この高校を受験したらしい。

噂によると、ふたりは中学時代ずっと成績を競っていたそうだ。とはいえ常に英汰が首席で野村は次席。三年間、ただの一度もその順位が入れ替わる事はなかったという。

野村は打倒英汰を目標に、部活も習い事もすべて止め、生活のすべてを勉強一本に絞った。凄まじい執念だ。

しかしそれでも野村が首席になる事はなかった。それればかりか英汰は部活で剣道を続け、遂には全国中学校剣道大会で男子個人優勝を果たしたという。

彼らを知る同級生たちは、いつか野村が英汰を刺すのではないかと本気で心配しているそうだ。当の英汰本人だけが、のほほんとしているらしい。

(伊藤英汰め……豪胆な性格なのか、それとも脳みそお花畑なのか？)

レジュメが落ち着いたのを見計らい、明臣は歩き出した。だがすぐにその足を止める。

「痛えな！」

騒がしかった廊下が、一瞬で静まり返る。騒ぎのもとへ目を向けると、野村が廊下に尻餅をついていた。しかし痛いと叫んだのは、ぶつかった上級生のほうだった。

「ふざけんな、おまえどこ見て歩いてるんだよ」

「す、すみませんでした」

「は？　声が聞こえねーぞ」

上級生の剣幕に押され、野村はへたり込んでいる。上級生が放ったらしき攻撃フェロモンが、明臣のところまで漂ってきた。

(無駄に粋《いき》がりやがって、下等アルファめ)

攻撃フェロモンは本来であれば、同じアルファを牽制するために使うものだ。ただしベータやオメガも怯ませる作用がある。明臣ははっきりと眉を顰《ひそ》めた。

性フェロモンだろうと攻撃フェロモンだろうと、まともな人間ならあたりに撒き散らすような真似はしない。威嚇《いかく》に耐えきれず、野村が土下座した。

「す、すみませんでした。許してください」

「おーい、なんで泣いてるわけ？　これじゃ俺が悪者みたいじゃん。オラ歯見せて笑えよ」

ぐす、と鼻を啜り野村が不器用に笑う。土下座して、ずれた眼鏡が余計に滑稽《こっけい》だった。

「うわ、ぶっさいくな笑顔だな〜。おまえ鏡見た事ある？」

腹に据えかねた明臣が制止しようとした時だった。一年生が上級生の前へ躍り出た。

あ、と無意識に声が漏れる。

（伊藤英汰……！）

新入生ながら、英汰は身長百八十センチ近い長身だ。正面に立つと完全に上級生を見下ろす格好となった。

窓から差し込む日差しが英汰を照らし、その輪郭《りんかく》が光にけぶる。

「みっともない真似はよせ」

手から力が抜け、レジュメが床に散らばった。拾わなければ、と思うのにその場から一歩も動けない。明臣ばかりではなかった。

その場にいた全員がことごとく硬直している。さきほどの上級生など比べものにならない、強力な攻撃フェロモンだ。

気の弱いオメガなら気絶してもおかしくない。明臣は意識を失わないよう必死に耐えた。

「一年坊主のくせにふざけるなよ！」

威勢良く叫んだくせに、英汰に睨まれた途端上級生はその場から逃げ去った。ふうと英汰が息をほどく。感じていた重圧感がいっぺんに霧散《むさん》した。攻撃フェロモンを抑えたのだろう。

英汰をめがけ、わっとクラスメイトたちが集まった。

「伊藤、心臓に悪い事するなよ～」

「通行の邪魔だったからな」

「だからって攻撃フェロモン出すなよ。俺、アルファだからめちゃくちゃビリビリした～」

ほら、と言って彼の友人が震える指を差し出した。すまん、と英汰が苦笑してみせる。

「先に始めたのはあっちだから、校則違反にはならないだろ。でもマジでビビった～」

心配する級友たちから離れ、英汰は床にうずくまる野村へ手を差し伸べた。

「大丈夫だったか。おまえもすこしは言い返せ、野村」

弾かれたように野村が顔を上げる。ギラギラした目で、彼は英汰を凝視した。英汰の取り巻きたちが数歩後退る。それほど憎悪のこもった眼差しだった。

「おまえなんかに……！」

野村の声が無様に引っ繰り返る。それは彼のこころからの叫びだった。

「おまえみたいな奴に、僕の気持ちがわかるもんか！」

嗚咽を漏らす野村を、周囲の生徒たちは呆然と眺めている。英汰は無言だった。野村がひーっと喉を鳴らす。

「中学の三年間、どうしてもおまえに勝てなくて……わざわざ高校まで追いかけて来たのに、次席にすらなれなくて……僕は、僕はいったいなんのためにっ……」

もう行こうぜ、と友人たちが言うのに、英汰はかぶりを振った。

「野村」

名を呼ばれ、野村は全身を震わせた。英汰が野村の肩を掴む。涙と鼻水でぐちゃぐちゃの顔をゆっくり起こし、野村はひゅっと息を呑み込んだ。

野村と真正面から向き合って、英汰は言った。

「おまえの気持ち、わかってやれなくてすまない」

人が誰かに堕ちる瞬間に、明臣は初めて立ち会った。

野村がわあっと泣き崩れる。その声は妙に甘やかだった。英汰がハンカチを差し出す。

「ほら、これを使え」

震える指で英汰のハンカチを受け取ると、野村はそこへ顔を押し付けた。耳の先まで赤く染まっている。

「あ、洗って返すから……」

「いやいい。それは、おまえが持っていてくれ」

たとえ洗濯したところで、鼻水で汚れたものを返されても困るのだろう。白けた気持ちで明臣は思った。だが野村はまるで宝物のように、ハンカチを大事そうに握りしめた。

ふと英汰が紙を拾い上げる。見れば彼の足元に大量の紙が落ちていた。英汰が友人たちにも手伝うよう声をかける。明臣は「あっ」と声を上げた。

英汰たちが拾っているのは、明臣が落としたレジュメだった。慌てて回収に走ると、目の前にすっと紙の束を差し出された。

「騒がしくして、すまなかった」

集められたレジュメを受け取ると、こちらを見つめる瞳と出会った。

伊藤英汰より顔が整った男など、他にもきっといるだろう。だが彼の目に見つめられると――世界に、まるでふたりきりのような気持ちにさせられる。明臣はぎこちなく目を伏せた。

（なんなんだ、くそ……！）

野村の叫びを思い出す。さっきは呆れる気持ちが強かったのに、今はすこしだけ共感めいたものを覚えてしまう。

そんな自分が嫌だと思うし、英汰の事はもっと嫌いだ。明臣は素っ気なく告げた。

「別にあんたのせいじゃないだろ。悪いのは、あの上級生だ」

明臣のことばを聞いて、英汰がはにかむように微笑んだ。正直言って気にくわない男だが、その笑顔が魅力的な事は認めざるを得ない。

互いに教室へ戻るため別れた途端、英汰はふたたび友人たちに囲まれた。自分の周りにもよくいる、金魚のフンたちだ。教室に入ろうとして、彼らの声が耳に届く。

「なあ今話してたの、皇明臣だろ」

噂されるのも注目されるのも慣れているから、別に思うところはない。

「いや知らない。凄い美形だったが、彼は芸能人か何かなのか」

この時咄嗟に振り返らなかった自分を、褒めてやりたいと明臣は思った。英汰の友人たちが一斉に驚きの声を上げる。

「はあ？　あの皇だぞ、本気で知らないわけ？」

大騒ぎする友人たちに対し、英汰は淡々と答えた。

「さっきの彼は有名人なんだな」

「有名人っていうか、あのすめらぎ製薬の御曹司様だぞ！　しかも中等部では不動のトップで、中間試験だっておまえと数点差で二位だったじゃないか」

「へえ、そうだったのか」

級友たちが英汰に構う声を聞きながら、明臣は教室に入った。そのまま扉は閉めず、耳をそばだてる。取り巻きのひとりが、ふざけた調子で言った。

「なんだよ、主席様は余裕だなあ。ライバルが気にならないのか？」

「一番のライバルは自分自身だから、周りを気にするほど余裕がないんだ」

「いや、伊藤がそれ言うと嫌味にしかならないぞ」

「何が嫌味なんだ？　それより佐野《さの》、次の授業で当たるんじゃゃなかったのか」

「そうだった！　助けて主席様～！」

どっと笑い声が上がり、彼らの声は外のざわめきに紛れていった。

明臣は手に持ったままだったレジュメを教卓に置いた。

怒りで目の前が赤く染まる。頭の血管が二、三本切れそうだ。それほど強烈な怒りだった。

（あいつ、俺を……皇明臣を知らないだと？　ふざけるな！　ふざけるな！　ふざけるな！）

入学式で彼を知ってから——いやそれよりもっと前から、明臣は英汰の事を意識してきた。彼もきっと同じだと思っていたのだ。なんなら、明臣と競うために英汰はこの学校へ入学してきたのだろうと考えてさえいた。

しかしそれは明臣の思い違いだった。演技でもましてや強がりでもなく、英汰は明臣の事など、歯牙《しが》にもかけていなかった。

明臣に向けられた英汰の視線や声の調子で、それを理解させられる。惨めだった。

よろめくようにして、自分の席へ戻る。足元から力が抜けてしまいそうだ。

（あの野郎……）

気がつくと昼休みはとっくに終わっていた。教室のモニターに、先ほど配布した資料が映っている。教師の声を右から左へ聞き流しながら、明臣は高校入学直後の事を思い出していた。

前期授業が始まってすぐ、上級生が十名ほど、英汰のもとへと押しかける騒ぎがあった。その上級生とは剣道部の連中で、英汰は全国大会優勝者だった。つまり部活の勧誘である。しかし英汰は、あっさりとその誘いを断った。

「剣道をするのは中学時代だけと決めていたので……」

「だが君ほどの実力者が剣道を辞めてしまうのは高校剣道界の損失だ」

「君がいれば個人の部だけでも優勝を目指せる」

強面《こわもて》の上級生たちに囲まれながら、英汰は笑顔で言い放った。

「誘ってくださってありがとうございます。でも、高校では弓術部に入る予定なので」

上級生たちが一斉に呻く。弓道自体は競技人口こそ剣道に比べてすくないが、弓術部はインターハイの常連だ。

「待ってくれ、剣道の何がダメなんだ」

「いくら君に天賦《てんぶ》の才があったとしても、全国大会で優勝するには、かなりの努力を要した筈だ。それを無為にしてもいいのか？」

　ハラハラ見守るクラスメイトたちの前で、英汰はまったく悪びれず答える。

「剣道は今でも大好きです。でも俺、色々試してみたいんです。剣道は中学の時にめいっぱい楽しんだので、思い残す事はありません」

　上級生たちは、ぽかんと英汰を眺めていた。清々しい笑顔で英汰は続けた。

「弓術部目当てで、この学校を受験したんです。だから剣道部には入りません」

　上級生たちは毒気を抜かれた様子で、すごすごと教室を後にした。英汰は彼らに対して、一度もすみませんなど謝意のことばを口にしなかった。その必要がない、と思っているのだろう。

　明臣は伝聞でそれを知ったのだが、様子が目に浮かぶようだった。

　伊藤英汰は傲慢だ。彼の何が一番傲慢かといえば、本人にその自覚がまったくない事だろう。己の決めた事は必ず成し遂げる。それを一ミリも疑っていない。

（負けたと言っても数点差だから……あいつは俺を意識すると思っていた）

　だが英汰の目をこちらに向けるには、彼に勝たなければ駄目だ。そうじゃなければ、きっと永遠に〝個〟として認識されない。

（今に見てろよ）

　必ず英汰に己を認めさせて、跪かせてやる。自分の席にうずくまり、明臣は決意を固めた。

それからすぐ、明臣は家庭教師の時間を増やした。その結果、前期期末試験は三位以下を引き離して英汰と同点の一位だった。中間の雪辱を晴らすまでには至らなかったが、同点一位なら負けではない。後期中間試験と期末試験で、今度こそこちらが勝てばいい。

秋の体育会も白熱したが、英汰とは参加した競技が別だったのでそれぞれ活躍して終わった。

英汰とすれ違うたび、何かひとこと言いたくなる。しかし、お互い常に取り巻きに囲まれているため、ゆっくり話す事は難しかった。

（来年、もしあいつと同じクラスになったら……）

明臣たちが通う高等部は、一学年七百名以上の生徒がいて、十八学級に編成される。同じクラスどころか、隣のクラスだった今年より、さらに離れた教室になる可能性のほうが高かった。

だがもし彼と同じクラスに編成されたら、きっと話す機会が増えるだろう。住所も近い事だし、親しくなって休日お互いの家を行き来する、なんて事があるかもしれない。

（別に深い意味はない。ライバルとして、あいつの私生活をリサーチしたいだけだ！）

休日、自室の整理整頓をしながら、明臣は英汰の部屋を想像する。

どんなゲームを持っていて、本棚にはどんな本をしまっているのだろう。壁の色は、床は絨毯《じゅうたん》かフローリングか、意表をついて畳なのか、机は、椅子は、ベッドは――。

話題はきっとお互い困らない。明臣は経済や政治の話も好きだし、マニアックなアニメや漫画はわからないが、メジャーどころはそれなりに押さえている。科学や化学、考古学、地質学の話でも、歴史の話だって西洋東洋拘らず好きだし、話題の映画や、スポーツ、なんなら学校の話だっていい。

英汰と出会うまで、スポーツも勉強もいつだって明臣が一番だった。自分を脅かす存在だからこそ、本当は英汰と話してみたくて堪らなかった。

（でもあいつは、俺の事なんか知らないって言った）

英汰と対等な関係になりたいが、それには向こうから興味を持ってくれないといけないのだ。

自室のソファに腰を下ろし、内線で厨房にコーヒーを頼む。タブレットを開くと、カレンダーの日付が目に入った。

すぐそこに学園祭が迫っている。明臣たちのクラスはお化け屋敷をやる事に決まった。隣のクラスは執事喫茶だと噂に聞いている。

（あいつが接客するのなら、行ってやってもいいけど？）

学園祭の期間は他校の女生徒たちが遊びに来て、男子校が華やかになる。楽しみだが、明臣は学園祭の実行委員なので、当日は遊んでばかりもいられない。

扉をノックする音がして、コーヒーが届いた事を知る。明臣は受け取るためにソファから立ち上がった。

実行委員会の会議や、クラスの出し物の準備に追われているうちに、あっというまに学園祭当日になった。床一面にブルーシートが敷かれ、皆土足で校内を歩き回っている。学園祭終了後にこのシートを回収するのも委員会の仕事だ。

各教室を巡回し、何か問題が起きていないか確認する。問題といってもせいぜい落とし物を職員室へ届けたり、校内を案内したりする程度だ。委員会の人間のほか、教師も総出で巡回しているため、厄介《やっかい》なナンパをする輩《やから》などはほとんど現れない。

見回りの交代まで残り三十分となったところで、明臣は足を止めた。聞きなれないアラート音に上着の中へ手を突っ込む。反応しているのはオメガのフェロモンに反応する探知機だった。

治安維持のため見張り要員に渡されたものだが、本当に出番があるとは思わなかった。

(外部の人間が、抑制剤を飲み忘れたとか?)

この学校の生徒なら、保健室へ行けば抑制剤を貰える事を知っている。明臣はため息を吐いた。

明臣たちが通うのは私大トップの難関大学の付属高校である。資産家の子供が多く通う事でも有名で、他校に比べアルファの比率がずば抜けて高かった。

故意に発情したにせよ、うっかりにせよ、厄介な事態には変わりない。

(頼むから、オメガ輪姦事件なんて起こさないでくれよ)

母校でそんな事件を起こされては堪らない。明臣は探知機に搭載されているGPSを辿って、四階の空き教室へと向かった。嫌な予感が止まらない。今日は本校生徒たちも、四階への立ち入りは禁止されている。

(……ここだな)

扉の前まで来ると、中から話し声が聞こえた。探知機の電源を切り、状況確認のため明臣は耳をそばだてる。

「私から逃げるため、こんな男だけの学校に入るなんて信じられない。この卑怯者」

責めることばとは裏腹に、女の声は甘かった。幸いにも行為の最中ではないようで、明臣はホッとする。扉を開けようとして、明臣は凍りついた。

「別に逃げた覚えはない。……というか、君は俺の知り合いなのか？」

慌てて扉の小窓から確認すると、そこにいたのは見知らぬ女とあの伊藤英汰だった。

（あいつ……！）

オメガのフェロモンをまともに浴びているのに、英汰が取り乱している様子はない。たとえ抑制剤を飲んでいたとしても、発情したオメガを前にすれば多少は影響があるものだ。必要以上に抑制剤が効く体質か、並外れた精神力の持ち主なのだろう。

明臣の場所からは、少女の姿がよく見えた。肩までの艶やかな髪、大きな瞳、小柄で華奢なのに胸は大きく、手足は細い。理想的なオメガだ。

少女が胸のボタンを外してゆく。オメガの明臣にさえわかるほど、ねっとりした性フェロモンがあたりに漂った。

「去年あなたに告白したのに、忘れちゃったなんて酷いよ」

英汰は答えなかった。何を考えているのかわからない目で、女生徒を眺めている。

「告白され過ぎて、いちいち覚えてられないってわけ？」

女生徒のシャツのボタンはすべて外され、豊満な胸がすっかり露わになる。

「発情期だけど、今日は薬飲んでないの。朝からずっとジンジンして……つらかった」

やばい、と明臣は扉に手をかけた。開かない。どうやら中から鍵がかかっているようだ。

明臣は扉を拳で叩いた。

これだけ騒いでいるのに、女生徒は英汰から視線を逸らさない。

「おいおまえたち、止めろ！」

外見からは窺い知れないが、英汰はフェロモンのせいで酩酊状態なのかもしれない。

「伊藤英汰！　正気に戻れ！」

女生徒は一瞬だけ明臣を見た。それから勝ち誇った様子で微笑む。

「お願い、私をあなたのオメガにして」

白く華奢な指が、スカートのファスナーを下ろす。足元にスカートがわだかまり、レースの下着が露わになった。

英汰の両手が女生徒の細い肩を掴む。あっ、と喘ぐような艶かしい声が聞こえた。

「俺のオメガにしろだって？　おまえには無理だな」

扉一枚隔《へだ》てていても、強烈なアルファのフェロモンを浴びる。疑う余地もなく英汰のものだ。

視界が歪む。全身の毛がそそけだつような感覚に明臣は必死に悲鳴を押し殺した。白目を剥いて少女がくずおれる。それを咄嗟に英汰が受け止め、床に横たえるのが見えた。

「……あ、……はっ」

息が苦しい。壁に手をつき、倒れそうになる身体を支える。やがて鍵の外れる音がして、英汰が出て来た。腕章をつけている明臣に目を留め平然と告げる。

「悪いな、センターに連絡してくれないか。あそこまで発情してしまったら、抑制剤も効かないだろう」

声をかけられ、明臣はびくんと全身をおののかせた。膝が笑い、立っていられない。熱くて苦しくて、腹の奥が疼いて堪らなかった。

(なんだなんだよ、これ。こんなの……知らないっ)

それは、明臣が生まれて初めて経験する発情期だった。

半分パニックに陥りながらも、制服のポケットから緊急抑制剤を取り出す。指を震わせながら明臣が錠剤を飲み下すのを、英汰は不思議そうな顔で眺めていた。

「……は、はっ、は」

抑制剤なら、自分の体質に合ったものを今朝もきちんと飲んできた。薬の効果を上回るほどの強力なアルファのフェロモンを、さきほど英汰が放出したのだ。

ぼやけた視界の先に、さきほど倒れた少女が見える。あふれた愛液で、尻の下にちいさな水溜りができていた。薬がなければ明臣だって似たような状況だっただろう。

フェロモンでオメガを失神させるとは、とんでもない男だ。その英汰が首を傾げた。

「君もオメガなのか?」

こちらに手を伸ばしかけ、英汰はすぐに引っ込めた。もうフェロモンを発していない様子だが、強く反応してしまうとすぐには治らない。

自分はオメガなのだと、今日ほど突きつけられた事はなかった。目の前のアルファに縋りつきたくなるのを、明臣は必死に耐える。

「あれ、君は確か隣のクラスの……」

茹《ゆ》だった頭が一瞬で冷え、正気に戻る。血の味がするほどきつく奥歯を食いしばった。

――この男は、まだ明臣の事を認識していなかったのか。

「皇、俺は皇明臣だ」

「俺は伊藤英汰だ。よろしくな皇」

屈託ない笑顔が、発情中の身に毒だ。知っている。ずっとおまえを見ていた。すべて打ち明けてしまいたい。

英汰と話す絶好の機会なのに、今口を開けば、とんでもない喘ぎ声を漏らしそうだ。

（ああ……）

同級生としてライバルとして英汰とは対等でいたかった。しかしもう無理だ。彼はアルファで、明臣はどうしようもなくオメガだった。

「それにしても皇がオメガだったなんて驚きだ。君はアルファだと思っていたよ」

同点一位でも気に留めなかったくせに、明臣が『オメガ』であるだけで意識するのか。明臣はいっそ笑いたかった。

自分がオメガだと知らされた時より、今が惨めだった。

「そうだ、君を俺のオメガにしてやろう！」

興奮しているのか、英汰の頬は赤く染まっていた。どうして彼の瞳はこれほど強く煌めくのだろう。ぼうっと見惚れてから、じわじわと英汰のことばが頭に入ってくる。

（こいつ今、俺のオメガにしてやろうとか言ったのか……？）

明臣が彼の申し出を断る事など、微塵《みじん》も考えていない様子だ。

せめて「俺のオメガになってくれないか」という申し出だったら、すこしは考えてやったかもしれない。

あまりの傲慢さに、頭が痛むほど腹が立つ。だがその一方でオメガの本能は、狂おしいほど歓喜していた。

（俺は選ばれた！　このアルファに支配されたい！）

今まで必死に築き上げてきたものすべて放り出し、英汰の前に跪きたかった。彼に頷くだけで願いが叶う。抗いがたい誘惑だった。

（嫌だ、嫌だ、ふざけるな！）

英汰は明臣のことなど何ひとつ見ていない。強烈なアルファのフェロモンにも屈しない、『使えそうなオメガ』だから興味をそそられたにすぎないのだ。

（俺自身のことなんて、欠片《かけら》も興味ないくせに……！）

もしかしたら英汰以上のアルファに、この先一生会えないかもしれない。彼の幻影を求め、誰とも番えなくなる可能性だってある。狂おしいほど明臣は英汰に惹かれていた。

（だからこそ、駄目だ）

自分はこのアルファのすべてを手に入れたいのだ。頭のてっぺんから爪先まで、何もかも自分のものにしなければ嫌だった。

「ふざけるな、誰がおまえのものになるか」

明臣のことばに、英汰は両目を見開いた。その間抜け面に多少なりとも気が晴れる。

「自惚れるなよ、バーカ！」

我ながら子供っぽい捨てゼリフだった。英汰がどんな顔をしていたのか、見る勇気がない。

一歩足を前へと進める。振り向いて抱きつきたいと思いながら、さらにもう一歩進んだ。

もし今英汰に引き止められたら、絶対に拒《こば》めない。それを明臣はわかっていた。

（はは……やばい、気が狂いそう……）

さらに一数歩進んだところで、頭がすこしクリアになった。欲情対象のアルファから距離を置いた事にくわえ、ようやく抑制剤が効いてきたおかげだ。

完全に英汰の姿が見えなくなったところで、明臣は息を荒げ壁に縋りついた。

（おまえに『俺』を、『皇明臣』を認めさせてやる）

教室で惨めに倒れていた少女の姿が目に浮かぶ。哀れな野村は、今やすっかり英汰の信者だ。英汰を取り巻く生徒、哀れな彼の信者たち。

（俺は、おまえたちとは違う。それを証明してやる）

明臣はスマホを取り出すと、オメガ救急センターへ連絡した。ずるずるとそのまま廊下にへたり込む。倒れた少女を隔離《かくり》し、教師に連絡を入れ、見回りの交代、やるべき事は山積みだ。

頭では理解していても、すぐには動けそうもなかった。

学園祭後の浮かれた雰囲気は、後期中間試験が始まると、あっというまに消し飛んだ。明臣は英汰への復讐心を勉学へぶつけた。その甲斐あってか、高校に入って初めて単独の主席になった。

（勝った！　俺はあの野郎に勝ったぞ！　上位アルファに勝った！）

結果が廊下に張り出された数日、明臣は我が世の春を謳歌《おうか》した。物陰から野村がじーっと眺めているのに気づいても、ひたすらいい気分だった。

だがその天国は、ひと月も保たなかった。

「へえ伊藤の奴、留学するの？」

「そうそう海外の高校に転入するんだってさ」

昼休み。クラスメイトが何気なく口にした話題に、明臣は息が止まるほど驚愕した。

学園祭で英汰に俺のオメガになれ、と言われた理由――あの時、既に留学が決まっていたとしたら？

（要するに、もうすぐいなくなるから後腐れのないオメガが欲しかっただけなのか）

さらにもうひとつ。このところ明臣は主席になって浮かれていた。だがひょっとして英汰は、留学の準備で忙しく、中間試験は片手間に受けたのではないか。

「どうした皇、顔が真っ青だぞ」

明臣を気遣って、級友たちが保健室へ行けと迫ってくる。

（あいつのことばに一喜一憂して……俺って、本当に馬鹿みたいだ）

いつのまにか昼休みは終わり、授業が始まっていた。白紙のノートを見つめ明臣はぼんやりと考える。

（ただ、話をしてみたかった……）

子供の頃から今まで『伊藤英汰』が何を考え思ってきたのか。話して、英汰の事を知って、自分なりに理解してみたかった。生まれてからずっと比べられてきて、一度試験で負けてからは、どうしても彼に勝ちたくなった。

遠くから眺めるだけじゃ足りなくて、英汰がどんな人間なのか知りたかった。彼の目に映りたかった。あの声に名前を呼ばれてみたかった。

英汰にとって都合のいいオメガとしてじゃなく、ちゃんと明臣自身として付き合いたかった。

（あのくそアルファめ。絶対に許さん……！）

次に会ったら、モノにできなかった事を泣いて悔しがるような、最高のオメガになってやる。必死に決意を固めてから、明臣はとうとうノートに突っ伏した。

皇家を継ぐものとして、いつだって正面を向いていなければならない。今までも、これからもそのスタンスは絶対に変わらない。

（この授業が終わるまで、残り三十五分間だけ――）

人生の中で、初めて俯く事を自分に許した。

4

庭に咲くツツジだかサツキだかの花を、明臣はぼんやり眺めた。正直花にはさほど興味がない。単なる逃避というか時間稼ぎだった。

家政婦ではなく母親が、自ら淹れた紅茶と茶菓子をテーブルに置く。ありがとうと礼を告げ、明臣はようやく父へ目を向けた。

「見合いなんてお断りだ。大学も卒業したばかりだし、まだ結婚するつもりはない」

父親から渡された釣書を、中も見ずに差し戻す。父の隣で母親が「見てみなさいよ～」と呑気に口を挟んできた。

見合いの話がきたのは初めてではない。だが今回は珍しく母親が乗り気なのだ。よほどいいところの娘なのだろうか。

いや、と明臣は思い直す。見合い相手が娘とは限らない。

「なんだよ、嫌な予感しかしないんだけど」

明臣は今年大学を卒業して、すめらぎ製薬の関連会社であるすめらぎヘルスケア株式会社に入社したばかりだ。見合いより社会人として独り立ちをするのが先ではないだろうか。

「いいからほら開いて見て。明臣さん、あなた驚くわよ」

母に促され、嫌々ながら釣書を開いてみた。

「ひっ！」

一瞬開いたそれを慌てて閉じた。心臓がうるさい。顔面が火照って仕方がない。明臣はおろおろとあたりに視線を彷徨《さまよ》わせた。

（は？　いや、嘘だろ？　なんで……っ）

泳ぐ視線が母親のにんまりした笑顔とぶつかった。してやったりとでも言いたげだ。

「びっくりしたでしょ？　私もびっくりしたわ～！　ねえ、お父さん？」

「そうだな」

正直、びっくりしたなんてレベルじゃない。

問題の釣書には、伊藤英汰の名が記載されていた。見なかった事にしたい。だが写真の英汰は高一の頃の面影を残しながら、大人の男に成長していた。だからもう一度しっかり確認したくもある。欲求に負けて、明臣は釣書を再び開いた。

（……ムカつく！）

瞳の強さと煌めきはそのままに、まろやかだった頬から甘さが抜けている。前髪を上げているせいか、年齢以上に大人っぽく見えた。

悔しいが文句なしにいい男だ。そのへんに突っ立っているだけで、女もオメガもゾンビのように群がるだろう。見た目だけでも最上級レベルなのに、さらに金も持っていて頭も良いのだ。

（アメリカでも、死ぬほどモテただろうな）

ただの写真からでさえ、大人の色気が漂ってくる。百人どころか千人抱いた、と言われても信じてしまいそうだった。

英汰がアメリカに去ってからの明臣は、ひたすら勉学と部活と習い事のバイオリンに打ち込んだ。部活でやっていた乗馬の顧問からはオリンピックを目指すように言われたし、バイオリンの師匠には音大への進学を勧められた。しかし明臣は付属大学の経営科へ主席で入学し主席で卒業した。そのあいだ、恋人はいないままだった。

口をへの字に歪めつつ、明臣は英汰の学歴と職歴へ目を走らせる。

彼が高校で海外の高校に転入した事は知っていたが、その高校在学中にアプリの会社を起業したのち、二年ですべての学位を取って卒業、その後ビジネススクールに入学しＭＢＡを取得していた。つまりほぼ最短コースで大学を卒業しＭＢＡを取得した事になる。

「とってもハンサムだし、伊藤さんのところの息子さんなら、アキ君のお相手として不足がないと思うの。ご本人も起業されて個人資産もおありだし、あとかなりのハンサムよね」

「何回ハンサムって言うんだよ」

父が不安そうに母を見る。何故か母親が一番ワクワクしていた。

「だってね、イケメンな息子がひとりからふたりに増えるのよ。そんなの最高じゃない！」

なるほど、と明臣が呟くと、母が上機嫌に笑った。

「娘も欲しかったけど、そこは孫で我慢するから！　アキ君頑張ってね！」

「結婚どころか見合いするかどうかもまだ決めてないのに、気が早すぎる」

明臣は釣書でパタパタと自分を扇ぎながら考えた。

母の言う事も一理ある。結婚などまだ早いと考えていたが、自分が子供を産むとなると、どうしたって数年のブランクが必要だ。新入社員が産休を取るなど顰蹙《ひんしゅく》ものだが、逆に役職が上がってから産休を取ったほうが、周囲に及ぼす影響は計り知れない。

（それにあの伊藤家と繋がりを持つのは、悪くないしな）

この見合いを断れば、英汰はよそのオメガに見合いを申し込むだろう。相手の家柄を考えれば、海外セレブに捕まらなかった事が奇跡なのだ。

（俺はあいつが憎い。だが容姿や家柄を考慮したら、アレ以上のアルファはそういない）

明臣は自分に言い聞かせるように思う。日本を飛び出し、海外のセレブたちをあまた見てきたうえで、彼は明臣に見合いを申し込んできた。

その点に関しては、評価してやらない事もない。

（バカな奴め。結局海外まで行っても、俺以上のオメガを見つけられなかったらしい）

ふふん、と笑いながら明臣は紅茶を啜った。

「母さん、茶葉変えた？　このお茶、凄く美味《おい》しい」

「え？　いつもの葉っぱだけど……淹れ方がよかったのかしらね？」

ふうん、と母のことばに相槌を打ちつつ、明臣は釣書をぽんと叩いた。

「わかった。そこまで言うならこの見合い受ける事にする」

よかったわ、と母が喜ぶ横で、父親が言い添える。

「本当にいいのか、明臣。もしあまり気が進まないのなら無理に受けなくとも……」

明臣は父親のことばをまるっと無視し、その場に立ち上がった。見合いが決まったなら、ここでぼうっとしている場合じゃない。

「どうしたの、明臣？」

「花嫁修行をして、あの野郎をぎゃふんと言わせてやるんだよ」

「あら、さすがアキ君！　いい意気込み！」

はしゃぐ母親の横で、父親が不安そうな顔をした。

「花嫁修行ってぎゃふんと言わせるものだったか……？」

英汰はきっと仕事で大きな成果を上げるだろう。それは明臣も同じだ。役員を目指しバリバリ働くつもりである。だがこの皇明臣、それだけで終わるつもりはなかった。

もしも英汰と結婚したなら、バリバリ働き、その上で料理洗濯掃除すべて完璧にこなしてやる。完璧な企業人そして完璧な配偶者として、英汰に君臨してみせるのだ。

明臣は鋭い視線を両親へ向けた。

「それで、見合いの日程は？」

「一ヶ月後よ」

思ったよりも時間がない。スマホでスケジュールを確認し、明臣はてきぱきと告げた。

「母さん、料理研究家の三宅《みやけ》さんと知り合いだったよね。できるだけ早急にアポを取って」

「任せて！　ついでに収納のプロとかカリスマ主婦とか色々伝手《つて》を当たっておくわね」

「ありがとう。後はジムで身体を絞って、エステにも申し込まないと……」

父親がこほん、と咳払いをした。

「おまえが見合いに乗り気で、安心したよ」

「はあああ？　まっっっったく乗り気じゃないけど!?　非常に大変不本意極まりないけれど、仕方なく俺は見合いに挑むんだ。変な誤解は止めてくれないか」

早口で捲したてる明臣に、父はこくこくと頷いた。

「う、うむ。それはすまなかった」

「わかってくれたんならいい。奴との見合いに乗り気とか……絶対にあり得ないから」

父の謝罪を背に、明臣はリビングを後にした。

「みてろよ伊藤英汰！　高校時代のリベンジだ！　パーフェクトな俺の花嫁……いや花婿姿におののくがいい！」

花婿の前に見合いでは……という父の呟きは黙殺される。

翌日から、明臣の修行は始まった。

終業後は、料理研究家を自宅に招き、家庭料理を教えて貰う。勿論料理だけではなかった。収納の仕方や掃除の裏技、洗濯の仕方やアイロンのかけ方、裁縫まで。明臣は専門家たちを招き、次々に習得していった。

惰性で通っていたジムも気合を入れて通い直し、エステにも行って美肌を目指す。

そうしてまたたくまに、月日は過ぎていき、万全の構えで迎えた見合い三日前だった。

綺麗に割れた腹筋を鏡に映し、明臣はおごそかに頷いた。肩も腕も鍛え、腰はすっきりと引き締まっている。小ぶりな尻はきゅっと持ち上がり、まさに完璧《パーフェクト》なラインだ。

（もう高校時代の俺じゃない。今の俺をあの野郎が見たら、きっとのたうち回るだろう！）

ヘアサロンには昨日行ったばかりだし、指先は爪も整っていて自然なツヤでぴかぴかだ。歯のクリーニングには明日行く。

鏡の前を離れ、明臣はベッドに仰向けに倒れ込んだ。そのまま、じっと天井を仰ぎ見る。

英汰と再会したら、話したい事が色々あった。留学の事や、起業した会社の事、今の仕事。だが何よりも訊きたいのは、彼がどんなつもりで自分に見合いを申し込んだのか、だ。

（アメリカにいるあいだも、おまえは俺の事ずっと忘れなかったんだよな？）

そうじゃなければ、絶対に許さない。

何故なら自分は、一時だって英汰の事を忘れなかった。どんな美女や美男に口説かれても英汰の顔が脳裏にチラつき、どうしても首を縦に振れなかった。

（おまえも、俺と同じなら許してやらない事もない……）

明臣は軽く目を閉じる。三日後に、すべての答えが出ると思った。それは、地獄のような長さだった。


両親と明臣を乗せた自家用車が、老舗の料亭前で停まる。ここは何度も通った事のある馴染みの店だ。顔見知りの女将《おかみ》が部屋まで案内してくれる。見事な庭も今日は目に入らない。

「失礼致します」

女将がすっと襖《ふすま》を開くと、中の様子が視界の中へと飛び込んできた。

（ひっ……！）

かろうじて、明臣は悲鳴を飲み込んだ。

英汰がいた。ちょうど入り口正面に座っていたため、思い切り目が合う。淡く微笑む英汰に、明臣は静かに目礼した。両家の父親が上座に、息子同士が下座に腰を下ろした。

奥の障子が開け放たれ、庭の緑が目に美しい。本当に見事な庭だ。そして湯呑みも見事な焼き物である。明臣は重厚な座卓を見つめ、特筆すべき事のない畳をじっと見つめた。

目線を向ける先も、そろそろネタが尽きてくる。

（だ、駄目だ。まともに目を合わせられない）

必死に顔には出さないようにしていたが、明臣は口から心臓がはみ出しそうなほど緊張していた。おかしい。車の中では緊張など微塵も感じていなかった。それが会場に着いた途端、いきなり駄目になってしまったのだ。

約六年ぶりの英汰は、明臣には少々荷が重かった。

（だって、こんなにコレがアレだって写真じゃわからなかった！　知ってたら、見合いなんて絶対に了承してない！）

仲人に答える英汰の笑顔が完璧すぎる。明臣はドン引きした。こんなの、千人どころか一万人抱いていてもおかしくない。伊藤の父親が、息子に声をかけるのが聞こえた。

「どうした、今日はずいぶん大人しいな」

己の父親に、英汰が苦笑してみせた。

「はい。明臣さんがあまりにも綺麗になっていたので、緊張してしまって……」

うふふ、と両家の上品な笑いがさざめき立つ。本来であれば謙遜《けんそん》することばを述べるべきところだが、明臣はそれどころではなかった。

赤面しそうになるのを、懸命に堪えるので精一杯だったからだ。

（これ以上は耐えられない……！）

それでは、と仲人が言うので、明臣はハッとおもてを上げた。そろそろお開きの時間だろうか。やっとこの苦痛しかない時間が終わる。家に帰れるのだ。

希望に顔を輝かせる明臣だったが、次のことばで一気に地獄へと突き落とされた。

「後は若いおふたりでごゆっくり」

両親たちを従え、仲人が部屋から去って行く。追い縋りかけたが、明臣は必死に堪えた。

（この男を前にして、情けなく逃げ出すつもりか？　ふざけるな、俺は絶対に負けない！）

覚悟はとっくに決めた筈だ。何より明臣は、相手の真意を確かめなければならなかった。

明臣が切り出す直前、英汰が先に口を開いた。

「すまない、足を崩していいか？」

「あ、ああ……」

言われてみれば、明臣も足が痺《しび》れそうになっていた。お互い足を崩し、ふうと息を吐く。

英汰が照れ臭そうに笑うのにつられ、明臣の頬も自然と緩んだ。

しばし沈黙したのち、英汰がおもむろに切り出した。

「お見合い、受けてくれてありがとう」

「ああ」

仕方なく受けただけだ、と伝えようと思うのに、何故か口を噤《つぐ》んでしまう。

「皇は……俺の事を覚えていてくれたか？」

「まあ、一応な」

実際は覚えていたどころの話じゃなかったが、明臣は涼しい顔で頷いた。声を立てて英汰が笑う。

「良かったよ、おまえに忘れられてなくて」

そんな事をしみじみと言われ、ようやく相手の真意を問いただす気になった。

「なあ、どうして俺に見合いを申し込んだりしたんだ？　同じ高校に通ってはいたが、会話だって数えるくらいしか交わしてないだろう」

英汰が眩しそうに目を細める。そわそわして、なんだか落ち着かない気分だ。彼は言った。

「その数えるほどの会話が、強烈だった」

なるほど、と声には出さずに納得する。

この男の事だから、生まれてから、きっと一度だって振られた事がなかったのだろう。明臣としては少々複雑な心境だ。珍しく自分を振った相手だから、英汰は明臣に興味を持ったのではないか。英汰がおもむろに口を開いた。

「今回の見合いは、政略結婚だとでも思ってくれ」

「政略結婚……？」

呆然と繰り返す明臣に、英汰は頷いた。

「皇にとっても、そう悪い話ではないと思うんだ。どうか、受けて貰えないだろうか」

ああそうか、と腑に落ちる一方で、まるで突き落とされるような気持ちになる。

すぐに、返事をする事ができずにいると、焦った様子で英汰が続けた。

「皇は……今、付き合っている人はいるのか」

は？　と思わず声が漏れる。明臣は冷たく吐き捨てた。

「いたら見合いなんか受けていない」

「ああ、そうだろうとは思っていた」

何故自分は見合いの席で喧嘩を売られているのだろうか。

「おい、それはどういう意味だ。俺がモテないって言いたいのか？」

確かに現在明臣に恋人はいない。いや現在どころか過去のどの時点であっても恋人がいた事はなかった。

だがそれは決して明臣がモテないからではない。ナンパから真剣交際、果てはプロポーズまで、何十件何百件申し込まれたのか覚えていないほどだ。

恋人がいなくて当然だと思われるのは、甚《はなは》だ心外である。

明臣は怒りに任せて立ち上がり、そのまま部屋を出て行こうとした。だがいきなり立ち上がったせいで、足が縺《もつ》れ倒れかける。

「危ない！」

眼前に迫る男前な顔に、状況も忘れ見惚れかける。気がつけば、逞しい腕の中にいた。英汰の整った眉がぐっと寄せられる。

「気をつけろ。転んで怪我をしたらどうする」

一瞬で座卓を飛び越えて、明臣をキャッチしてくれたらしい。死ぬほど英汰に腹を立てているのに、心底格好良いと思ってしまい余計にムカついた。あまりにもいい男すぎる。

「さきほどのことばだが、誤解をさせたのなら悪かった。皇の魅力に見合うほどの相手が、そう簡単に現れるわけがないと思っていた」

フォローのつもりなのだろうか。不貞腐《ふてくさ》れたまま明臣は言った。

「こんな真似をしても、俺はおまえのものにはならないぞ。以前そう言った筈だが、もう忘れたのか？」

「忘れていない。覚えていたから、おまえに見合いを申し込んだ」

傲慢極まりないセリフを曇りなき眼で言い切るのは、この男くらいじゃないだろうか。

明臣の胸に不安が押し寄せてきた。

（もし俺がこいつになびいたら、その瞬間俺への興味をなくすのでは……？）

じっとり相手を睨みつけていると、なぜか英汰は頬を赤く染めた。

「その……さっき政略結婚と言ったのは方便だ。しかし俺たちが結婚すれば、両家にとってそれなりにメリットがあるのは事実だろう？」

英汰の言うとおり、もしこの縁談がまとまれば日本有数の資産家同士の結婚となる。単純な資産だけではなく、人脈や情報など多くの利点が生まれるだろう。

（政略結婚上等じゃないか！　俺に惚れさせて吠え面かかせてやる！）

ぎゅっと抱き締められ、明臣は慌てて身を捩った。英汰の腕の中にいながら、うっかり物思いに耽ってしまった。妙に抱っこ上手なのが悪い。

「いつまで抱いている！　いい加減に離せ！」

「なあ聞いてくれ、皇。海の向こうで多くの人間と出会ったが、おまえ以上のオメガはどこにもいなかった」

英汰は明臣を離すどころか、さらにきつく抱きついてきた。両手で押しのけようとするが、分厚い胸板はビクともしない。

顔のよさに騙されがちだが、これではゴリラだ。完全に脳筋だ。俺も筋トレをするぞ、と明臣は決意する。これみよがしに明臣はため息を吐いた。

「それで……政略結婚は結構だが、俺個人のメリットはどこにあるんだ？　おまえが優秀なアルファなのは認めてもいい。——その優秀な種だけか？」

挑発するつもりで笑うと、英汰は真剣に考え込む顔をした。

「俺ができる事で、おまえが望む事ならなんでも叶えてやる」

「はっ、ずいぶん大きく出たな。それなら、手始めに俺を放せ」

不承不承といった様子で、男の腕から解放される。さらに試すつもりで明臣は言った。

「おまえと結婚して、すぐ離婚したいと言ったらどうする？」

腕を掴まれ引き寄せられる。明臣が舌打ちすると、額が重なりそうな至近距離で、英汰に低く囁かれた。

「俺の子を、産んで欲しい」

鼓膜からうっかり孕みそうな声だった。

胸がドキドキするのに、瞼《まぶた》が重たくなってくる。くったりして英汰の肩に頭を預けると、大きな手に髪を撫でられた。まるでぬるま湯に浸かっているみたいだ。ますます眠くなっ

てくる。

触れ合っているところから、トロトロ蕩けてしまいそうだ。

「最低でもふたり産んで欲しい。離婚する場合は、それが条件だ」

英汰の子供なら十人でも産んでやりたい。ぼんやり相手を見上げると、英汰は続けた。

「後継者だ。うちと皇と、離婚したあとひとりずつ引き取ればいい」

「おまえ……」

顔面に冷水を浴びたみたいに微睡《まどろ》みが消える。自分の身を英汰から取り戻した。

彼が望むのは後継者を産む装置なのだろう。ありがたくも明臣はお眼鏡に適ったらしい。

(大方そんな事だろうと思っちゃいたが……嬉しくって涙が出るね)

オメガにも人格や感情がある事を、彼は知っているのだろうか。罵倒《ばとう》するのもバカらしい。

「それぞれ子供を引き取って……兄弟なのに別々に育てるのか」

「あくまで離婚したらの話だ。後継はどちらの家にも必要だろう。俺としては、結婚したなら最後まで添い遂げたいと思っている」

「それもおまえの方便か」

「違う、本気だ。最初から離婚するために見合いを申し込むわけないだろう」

肩を掴まれ、正面から見つめられる。

男らしく整った眉、すっきりした鼻梁、引き締まった口元、どこからどう見ても成熟した男なのに、瞳だけはまるで少年のように煌めいている。この曇りのない眼差しに、誰も彼も虜《とりこ》にされるのだ。

床に這いつくばりながら、英汰を睨んでいた少年の姿が脳裏を過る。今にも刺し殺しそうな目で見ていた彼を、英汰はあっさりと陥落させた。

英汰から差し出されたハンカチを握りしめた顔は、聖遺物を拝む信者そのものだった。

「高校の時、野村って奴がいたのを覚えているか？　俺とおまえの次に成績の良かった……」

明臣の問いに英汰はなんでもない顔で答えた。

「覚えているも何も、あいつなら俺の会社で働いているぞ」

はは、と無意識のうちに笑っていた。笑う以外にどうしろと言うのか。息を吸うほどの労力で、いったい何人の奴隷を量産するつもりだ。

唇の端に笑みを残したまま、明臣は言った。

「いいぞ、おまえと結婚してやる」

英汰は一瞬惚けたような顔をした。半開きの口で間抜けな表情なのに、みっともないというより可愛いと思わされてしまうのが悔しい。

「おまえの子供を産んでやる」

たとえ結婚しようとこの男のものになるつもりはない。口で言ったところで英汰は鼻で嗤うだろう。オメガなど堕とせるものと、信じて疑わないからだ。

（証明してやるよ。たとえおまえの子供を孕んでも、俺はおまえのものにはならない）

英汰が顔を綻ばせる。今のうちに笑っておけばいい。明臣は貪るように男を見つめた。

◇　◇　◇

「皇明臣と婚約した」

朝一の雑談に、秘書は「ふぇっ」とおかしな声を漏らした。

「驚いているのか。いったい何に？」

「まず社長が婚約したというのが驚きですし、相手が皇さんだと言うのも驚きですし、Mアルファ同士では結婚できませんから、つまり皇さんがオメガなんですよね？　驚く事ばかりですが」

確かに明臣のようなオメガは稀有《けう》だ。奇跡と言ってもいい。だから彼の驚きたくなる気持ちはよくわかった。かくいう英汰も彼に会うたび、信じられない思いになるのだ。

「……でもよかったですね、高校時代の初恋が叶って」

秘書の野村とは、中学時代の三年間と高校一年の数ヶ月同じ学校で過ごした同級生だ。

一時期は妙な因縁をつけられていたらしいが、今は慕ってくれている。

そんな数年来の友人である野村であるが、役職柄敬語を使う必要があるので、最近はプライベートでも敬語を使っていた。

英汰はふふ、と微笑みながらアタッシュケースからそっとファイルを取り出し、コーヒーを下げてから野村に渡した。大事な書類を汚されては困る。

「なんですか、この六法全書なみに分厚い書類は……婚前契約書？」

何故か青ざめる野村を見て、英汰は頷いた。

「確かに日本ではあまり馴染みがないものだから驚くのも無理はない」

「いや俺が驚いたのはそこじゃ……」

突っ込む野村の話を、英汰は聞いていなかった。殺人的厚さのファイルを指でなぞる。

「俺のプロポーズを受け入れてくれた翌日、皇が送付してくれたんだ。さすが俺が見込んだ男だと思わないか？　仕事が早くて的確だ」

「まさか惚気《のろけ》られている……？」

信じられない、と言いたげな野村の目つきに、英汰は鷹揚に頷いた。

「浮かれてしまってすまない。なにせ六年越しの恋が叶いそうなんだ」

「いや恋っていうか……甲及び乙の給与の扱いについては、以下の通りとする。その三分の一を家計費とし……ひえっ」

一度閉じたファイルを、野村は恐る恐るふたたび開く。パラパラと適当にページを捲ったあと、呆然と呟いた。

「性行為は週に二回までとし、受精率を上げるために、一度の性交で射精は一回とす……」

「この項目だけは納得できず週五を提案した。しかし却下された」

「上司のセックスライフとか、知りたくなかった……」

「上司兼友人じゃないか」

「友達のも知りたくないんですが」

げっそりした顔で婚前誓約書を突き返され、英汰は丁重に受け取った。

確かに契約でガチガチに固められた結婚生活は、他人からしたら味気ないものなのかも知れない。だが英汰にしてみたら、あの皇が自分と結婚するのを認めてくれた、大切な証なのである。一生大切に保管して、棺にも入れて貰う予定だ。

「そもそもまだセックスライフに至っていないしな」

「聞きたくないんですが……さすがに大事にしているんですね」

「勿論大事だが。何より俺は童貞だから、実践する前に知識を蓄えておこうと思って……」

「嘘だ！」

野村の血を吐くような叫びに、英汰は両目を見開いた。少々高校時代を思い出す。

「嘘だって、何が？」

「童貞ですよ！　英汰さんが童貞って嘘でしょ！　不肖この俺でさえ非童貞なのに！　あんた『一億人は抱きましたが何か？』って顔しておいて！　何が童貞だふざけんな！」

「一億人抱くには一日にひとりとセックスしても、二十七万三千九百七十二年かかるんだが」

「計算が早い！　でもそういう事じゃないんですよ！」

だん、と野村がデスクを叩いた振動で、カップに入っていたコーヒーが飛び散った。ティッシュでそれをさっと拭う。いつもの野村なら俺がやります、と率先《そっせん》して動く筈だが今は置物のように固まっていた。

就業時間になったので己のデスクへ移動する。内線が鳴り、置物はようやく野村に戻った。

午前中の業務を慌ただしくこなし、出前で頼んだハンバーガーを齧《かじ》りつつ仕事の片手間に昼食を取る。会食の予定がなければ、社長といえどもこんなものだ。

「そういえば、N社の件、十三日に変更になりました」

スマホのリマインダーを確認しながら英汰は頷いた。

「了解。十三日ならかえって助かるな」

「そういえば挙式のご予定はいつですか？　新婚旅行はどうされるんです？　会社関係の招待客リストも作らなくちゃですよね」

「何ひとつ決まっていない。なんならデートもまだだからな」

野村はポテトにケチャップをまぶしながら、怪訝《けげん》な顔をした。

「婚前誓約書を作成するよりも、先にする事があったのでは？」

確かに野村の言うとおりかもしれない。

「明日は昼から本社に行くから、何かあれば連絡してくれ」

リマインダーを確かめながら英汰は言った。この場合本社とは親会社のＴＴコーポレーションを指す。野村がはい、と頷いた。

ＭＮＯの参入で、近頃ＭＶＮＯは停滞気味だ。今のところ金融業やエネルギー産業が好調で、グループ全体では増収しているのが救いだが、それもいつまで続くかわからない。経営を梃入《てこい》れするために、英汰が本社へ異動する話も持ち上がっていた。

あの、と野村は遠慮がちに切り出した。

「ご結婚が決まったという事は、皇さんも社長の事を憎からず思っているんですよね？」

「それなんだが……あまり好意的には思われていないだろうな」

ごくっと野村の喉を鳴らす音が響く。タブレットでグラフを操作しながら英汰は言った。

「言ってなかったか？　皇には高校時代に一度告白をして、振られているんだ」

「えっ、初耳です」

明臣に手酷く振られたのは苦い思い出だ。

発情して瞳を潤ませながらも、毅然と英汰を拒む明臣は震えるほど美しかった。その時の光景は何度も夢に見たし、なんなら今でも夢に見るほどだ。

「ひょっとして、高校の時いきなり留学したのって、皇さんに関係が……？」

「どうしてもあいつが欲しかったから、あいつに相応しい人間になろうと思い渡米した」

「情熱的ですね、いいなあ〜」

明臣に振られたあと、英汰は自分の何が駄目だったのか必死に考えた。

皇明臣はオメガだ。家柄もよく、頭脳も優秀で、運動神経も抜群。

そして英汰はアルファだ。彼のアルファになるためには、明臣以上に優秀でなければならないだろう。

オメガは妊娠し出産する。番として頼れる存在にならなければ、オメガたちが安心して身を委《ゆだ》ねられない。自分より能力の低い人間に頼りたい者などいない筈だ。

つまり英汰は、明臣を凌駕《りょうが》する能力を手に入れ、彼に認められる必要があった。後期中間試験で明臣に主席を譲った時、己の選ぼうとしている道は間違っていないと確信できた。

「皇の家柄で学生結婚をするとは思えなかったから、なんとしても彼の大学卒業までには日本に戻って来たかった」

本当は明臣から離れて米国に行きたくなかった。彼は魅力的だから誘惑も多いだろう。

だがいくら好きだからと言っても、漠然と明臣の近くにいても意味がない。彼を手にいれるチャンスを得るために、英汰は死に物狂いで頑張った。

アメリカへ渡り、考えられる最短で結果を出し、日本に戻ってきた。

「なるほど、そうだったんですね。皇さんはそれを知ってさぞ感動されたんじゃ……」

「いや、あいつには何も言っていない」

「どうしてです。教えて差し上げたらいいじゃないですか。間違いなく感動しますよ」

「いや……好意のない相手から『あなたのためにこれだけ努力した』とか言われても、恩着せがましいし、気持ち悪くないか？」

野村がしきりに首を捻る。

「何も言わずにアメリカに行って、皇さんにが恋人ができてしまっていたらどうするつもりだったんですか。最悪誰かと番になっていた可能性だってあるんですよ」

「そのへんは覚悟の上だったからな。俺が帰って来た時、恋人がいたら別れさせるし、番がいたら解消させればいいと思っていた」

「英汰さんが言うと、納得してしまうのが恐ろしい」

医療が発展した現在では、外科手術によって番関係を解消できる。ただしオメガに大きな負担がかかるのでよほどの事がなければ避けたい処置だ。

幸いにも明臣は誰とも番になっていなかった。その件について、もし神が目の前にいたら、爪先にキスしたいくらいには感謝している。

「結局皇さんには、社長の気持ちをどのように伝えているんですか？」

「こちらの気持ちは一切伝えていない。たぶん向こうは、ただの政略結婚だと思っている」

見合い当日の流れを思い出しつつ野村に伝えると、彼は眉間を揉み込んだ。

「いやいやいや。どうして素直に好意を伝えないんですか。好きだって言ったらいいじゃないですか。英汰さんに六年も想われていたなんて知ったら、きっと感涙されますよ!?」

野村のことばをしばし吟味《ぎんみ》する。そして首を左右に振った。

「俺が彼に好きだと告げたところで意味がない」

野村はぽかんと口を開いた。

「待ってください！　誰だって好きだって言われたら嬉しいじゃないですか」

好きだと言われたら、確かに嬉しい。幼い頃から、英汰もよく告白されてきた。

しかし、好きだと言われたからと言って、相手の事を好きになるかと言えばノーである。

「好きだと言われるたびに相手の事を好きになるのなら、俺は今童貞ではない筈だ」

「童貞詐欺だ。そしてモテ自慢をされてるのに、まったく腹が立たない！」

ぐぬぬ、と野村が非常にもどかしそうな顔をする。

「もともと好意を持っていた人間から好きだと言われて、自分の気持ちに気づく、というのならば理解できる」

「身も蓋もないですね」

「敵意がない、という意味で好意を伝えるなら、見合いを申し込んでいる時点で十分だろ」

基本的に英汰を全肯定する野村が珍しく食いついてきた。

「でもですよ！　英汰さんに告白してきたのは、英汰さんじゃないですよね！」

「なんだそれ、意味がわからん」

「だって英汰さんに好きだって言われたら、誰だって好きになりますよ!?」

「現に好意を示しても、俺は皇明臣に振られたんだが……」

そうだった、と頭を抱える野村は見ていて面白いし飽きない。

確かに、かつて英汰自身、似たような事を考えていた時期があった。今思えば、当時の自分は愚かで傲慢だった。

幼少の頃から自分が好意を抱いた人間は、大抵は英汰に同じ気持ちを返してくれた。自分の事を嫌っている人間も、ことばを交わせばこころを開き打ち解けてくれた。

だからこちらから好意を伝えて、拒否された時、どうやって相手を振り向かせればいいのか、英汰にはわからない。わからないなりに、手探りでどうにか進もうとしていた。

さて、と時計を確認する。そろそろ業務に戻る頃合いだ。

「色々聞いてくれてありがとう。なあ、野村」

「はい、なんでしょうか」

「好きだぞ」

笑って告げると、野村が他部署に届くほどの声で「ひゃー！」と叫んだ。

英汰が好意を抱いて、好意を返されなかったのは明臣だけだった。好きだと言って絆《ほだ》されてくれるなら嬉しいが、高校時代に玉砕している。現実は甘くないのだ。

だから好意を伝える以外の方法で、彼にアプローチをかける。たとえ遠回りに思えたとしても、英汰にはそうするしかなかった。

（振られたから、俺は明臣に執着するんだろうか？）

確かにそういう側面はある。だが振られる前に英汰は明臣をちゃんと認識していた。同じクラスでもないのに、だ。

友人は多くても親友はいなかった。誰かを深く知ろうと思った事がなかったためだ。

英汰の第二の性が判明したのは、小学六年生の頃だった。伊藤の家に取り入ろうとした発情期中のオメガが、幼い英汰に迫ったのだ。

結果から言うと少年の貞操は守られた。英汰の強すぎるアルファ性に耐えきれず、オメガが気絶したせいだ。

この件は内々に処理されて表沙汰にはならなかったが、英汰の少年期は強制的に終わりとなった。そして事件の後、英汰が父親から何度も聞かされた言葉がある。

「英汰、おまえは伊藤家の長男でアルファだ。これから先、おまえの足を引っ張ろうと多くの誘惑や罠が待っているだろう。だがよく覚えておくがいい、おまえの一番の敵はおまえ自身なんだと――」

「自分が、一番の敵？」

「そうだ英汰、自分に負けてはいけない。わかったな？」

確かに父の言うとおりだった。誘惑に溺れ、自分の足を引っ張るのは、自分自身だ。それから英汰は常に自分自身と戦ってきた。剣道の練習を休みたい時、勉強をサボって遊びたい時、英汰は己と戦い続けた。自分との勝負に精一杯で、周囲の事を気にかける余裕もないほどだった。

たとえば野村の名前を覚えるまで、十回以上は名乗らせた気がする。それくらい他人に関心が持てなかった。

高校生の頃、明臣が落としたレジュメを、英汰が拾ってやった事があった。明臣はきっと覚えていないだろう。しかし英汰は、その些細《ささい》な出来事を珍しく忘れなかった。抜けるような白い肌と、吸い込まれそうな黒い瞳が印象的だった。あれはひと目惚れだったのだと、今頃になって英汰は気づく。

出会ってからずっと、惚れつづけているのかもしれない。

明臣と見合いをして良かったのは、メッセージアプリのアカウントを交換できた点だろう。見合いをしてからひと月ほど経つが、お互い多忙であれからまだ一度も会えていない。野村にも指摘されたが、婚前契約書を作成する前にすべき事があった。

つまり、結婚式の前にデートくらいはしておきたい。

幸いにも今週末はゴルフの予定もパーティーの予定もない。明臣にメッセージを送ってみた。

『どこか行きたいところはあるか？』

二十分後に既読がつき『火星』とだけ返ってきた。さすが皇明臣。行きたい場所があれば自分で行ける、という意思表示だろう。ますます惚れ直しながら英汰は返信した。

『取り敢えず月面旅行の申し込みはしておこう。火星旅行は十年後くらいに行くとして、今週末行けるような場所はないか？』

今度はすぐに既読マークがついた。

『乗馬』

そういえば高校時代、明臣は乗馬部に所属していた。

『わかった。次の日曜日に迎えに行く』

既読がついたので、了承の代わりに受け取った。

何度か週末にアポが入りそうになって焦ったが、どうにか阻止する事ができた。

待望の日曜日、父親がベントレーを使うというので、マイバッハで皇家へと向かう。ほんの数分で到着し、運転手が皇家のインターホンを鳴らした。

門が開き私服の明臣が、さっと車に乗り込んできた。

高校時代はずっと制服で、前回の見合いはお互いスーツだった。今日の明臣は春物らしいジャケット、ベージュのパンツにスニーカーを合わせている。新鮮で目に楽しい。見つめすぎないよう自制しなければならなかった。

明臣は伊藤の運転手に町田にある乗馬クラブの名前を告げた。ナビに入力し出発する。

「乗馬の帰りに、案内したい場所があるんだ」

「そうか、わかった」

国道２４６号線から、首都高に乗る。

車内に沈黙が落ちるが、気まずさを感じるには幸福すぎる空間だった。

なにしろすぐ隣に明臣が座っている。すこし眠いのか、車に揺られうとうとしている。閉じかけの白い瞼、伏せ気味の睫毛《まつげ》が長い。永遠に見続けていられそうだ。

乗馬クラブまで二時間ほどで到着する。

クラブハウスで会員手続きを済ませ、英汰はウェアやグッズなど一式購入した。そのあいだ、明臣は会員専用のロッカーで着替えを済ませて戻ってくる。

明臣は、クラブに預けている自分の馬に、英汰はクラブ所有の馬に乗る。最初は恐々乗っていたが、すぐに勘を取り戻した。しばらく明臣と併走する。

「おまえって、本当になんでもできるんだな」

　つまらなそうに明臣に言われた。確かに英汰はスポーツ万能で、大抵の事は人並み以上にこなせる。そういう明臣自身も似たようなものではないだろうか。

「乗馬に関しては、皇にはまったく敵わないが」

　英汰のことばに明臣は苦笑した。

「これでも一応オリンピックに誘われた身だからな。乗馬《コレ》で負けたら沽券《こけん》に関わる」

　乗馬が趣味なのは知っていたが、オリンピック候補だったとは恐れ入る。今日はほぼ初心者の英汰に合わせてくれているのだろう。

　一時間以上乗馬を楽しんだ後、洗い場で明臣が馬の手入れをするのに付き合った。シャワーを浴び、施設内のカフェで軽食を取ってから乗馬クラブを後にする。

「そういえば案内したい場所ってどこなんだ？」

　湯上りの明臣は、童貞には刺激が強い。窓から景色を眺める振りで、そこに映るちょっと気怠い横顔を鑑賞した。運動してシャワーを浴びたせいか眠そうだ。

「今向かっている。着いたら起こすから寝ていていいぞ」

　現場に着くまで答えるつもりがないと知ってか、明臣はふあ、とちいさくあくびをする。無意識のうちに、額に落ちる前髪をかきあげていた。眠そうだった目がぱちり、と見開かれる。

黒い瞳に、自分の姿だけが映っていた。この一瞬を永遠に引き延ばす方法を考える。

「勝手に触るな」

それだけ告げると明臣は、英汰から逃れるように窓に凭《もた》れた。彼に許可なく触れた自分が悪い。英汰が謝っても、明臣は返事をしなかった。耳の先が赤く染まっているが、顔に血がのぼるほど機嫌を損ねてしまったらしい。

明臣の寝顔が見られるかと期待したが、結局彼が眠る前に車が目的地へ着いてしまった。

「ここだ」

先を案内する英汰に、明臣が大人しく着いて来る。

訪れたのは新築の低層マンションだった。互いの実家と同じ区内なのは、ふたりの勤め先や治安などを考えた結果である。

コンシェルジュが待機しているエントランスを見て、明臣が言った。

「おまえが買ったのか?」

「……ああ、社宅用にいいかと思って」

「ふーん」

社宅と言ったのは建前で、新婚生活に張り切って用意してしまったマンションである。互いの自宅と比べたら手狭な３ＬＤＫだが、価格は五億五千万円である。

エレベーターに乗り、最上階の三階へと向かう。

「エントランスもエレベーターも部屋もすべて指紋認証になっている」

目的階に着き、部屋の扉を開ける。明臣は靴を脱ぎ、遠慮なく中へ入って行った。英汰は緊張しながらその後に続く。

廊下を抜けると現れるリビングダイニングは約三十三畳、壁一面の窓はルーフバルコニーへ通じており、開放感があり英汰も気に入っている。

マスターベッドルームは十二畳、他七畳のベッドルームが二つ。家電はすべて最新のハイエンドモデル、キッチンにはビルドインタイプの食洗機も完備している。

すべての部屋を確認したあとバルコニーに出て、明臣とともに見晴らしを確かめた。

「この物件なんだが……どう思う？」

「社宅にはちょっと贅沢じゃないか」

もっともな反応だが、聞きたかったところはそこじゃない。英汰は思い切って告げた。

「結婚したら、しばらくこの部屋で暮らさないか。ここなら互いの実家に近いし、通勤にも便利だろう？」

明臣の反応がまったく読めない。英汰は段々不安になってきた。明臣に気に入って貰えるよう、自ら探し回った物件だったが、彼の希望を取り入れるべきだったかもしれない。

「確かに結婚して自立するなら、実家を出る必要があるな。ちょっと狭い気もするが……二人暮らしだし、ここに住んでやってもいい」

そっぽを向いたまま、そして早口だったが、どうにか明臣から了承を得られた。自然と顔が緩んでくる。

「帰りにコンシェルジュにおまえの指紋を登録させよう」

「わかった」

明臣の返事が柔らかい。英汰はさり気なく相手の肩を抱こうとした。その手が虚しく宙をかく。明臣が勢いよく振り向いたせいだ。髪をかきあげる仕草で不自然な腕を誤魔化《ごまか》す。

「うちが所有する別荘はどれも一軒家だし、マンションに住むのは初めてだ」

興奮気味で話す明臣が微笑ましい。ついからかい混じりに訊ねていた。

「マンション暮らしが楽しみか？」

「別に……そうでもない」

急に声のトーンが低くなる。英汰の横をすり抜けて、明臣はリビングへと引っ込んだ。慌ててその後を追う。

「おまえは……アメリカにいた時は、アパートメント暮らしだったんだろ」

「ああ、そうだ」

「向こうの暮らしはどうだった？」

「色々な奴がいて面白かったぞ。あっちにいた時に知り合った伝手が今の仕事に繋がったりもしている。守秘義務があるから詳しくは話せないが」

大学時代の友人から請け負って、英汰個人として軍民両用《デュアルユース》製品の開発に携《たずさ》わっている。吐きすてるように、明臣は言った。

「ひとり暮らし、さぞ楽しんだんだろうな！」

どう考えても明臣の機嫌が悪い。何故彼が不機嫌なのか、英汰はその理由に思い至った。

（ひょっとして、家事が不安なのか？）

ずっと実家暮らしで、身の回りの世話は使用人に任せていたのだ。心配にもなるだろう。

「先に言っておくが、掃除と洗濯は週に三回ハウスキーパーを入れて、食事は伊藤の料理人が作ったものを運ばせる」

「えっ」

安心するかと思いきや、明臣は何か言いたげだ。伊藤の料理人が不満なのだろうか。

「皇の料理人のほうがいいか？　慣れた味がいいのなら、俺は構わない」

そういう問題ではなかったのだろうか。明臣は、僅かに視線を泳がせた。

「あの、料理……家事とか、自分たちでやらないのか？　結婚する、自立した大人として」

相手の言わんとしている事を察し、英汰は肩を竦めた。

「家事のような単純作業は時間の無駄だ。その時間を自己啓発や趣味に当てたほうが有意義に過ごせる」

明臣が、ぱくぱくと金魚のように口を開閉する。ああ、と英汰は思い当たった。

（そうか、自分で家事をしてみたかったんだな）

自分も留学する前は楽しみだったので覚えがある。

だが英汰や明臣のような人間は、家事に労力を割くより、仕事や余暇に時間を使うべきなのだ。掃除や皿洗いなど、ロボット掃除機や食洗機で代用可能な単純労働である。

料理は単純作業ではないが、仕事を終えてから食材の買い出しをして調理し、その後片付けをするのは負担が大きい。プロの料理人に頼めば、味も栄養バランスも間違いない。

明臣には、この部屋では楽しく快適に過ごして欲しかった。それを相手に伝えようとした時だった。そうだな、と明臣が同意した。

「確かにおまえの言う通り、家事など時間の無駄だ。業者を雇おう」

「皇……？」

明臣の凪いだ表情を見て、ふと英汰は不安になった。

自分は間違っていない筈だ。彼には実家で過ごすのと同じくらい、この部屋で安心して暮らして欲しかった。そのためにすべて手筈を整えたのだ。

そう思うのに、何か取り返しのつかない失敗をしたような気がするのは何故なのか。

明臣から夜に予定が入ったと言われ、ふたりは部屋を後にした。帰り際マンションのフロントで明臣の指紋を登録する。

明臣を皇の家まで送るまで、車内はずっと重苦しい沈黙が続いた。それが幸せな空間だとは、何故なのか今度は思えなかった。

◇◇◇

結婚式の記憶がない。

正確に言うと、明臣の結婚式は気がつけば終わっていた。感動も余韻《よいん》もあったものじゃない。思えば英汰と見合いをしてからは怒涛《どとう》の毎日だった。

芸能レポーターから突撃取材を受けたり、女性誌からインタビューの依頼がきたり、友人知人、近い親戚遠い親戚、祝辞やら呪詛めいたものやら、とにかく連絡が押し寄せた。

何故かすめらぎ製薬の株価が上がり、父親から結婚祝いとは別に小遣《ボーナス》いを貰った。ちなみにＴＴモバイルの株価も上がっている。

（疲れた、もう眠りたい）

披露宴を終えたのが今から二時間前で、同じホテルの最上階の部屋に着くなり、英汰と同時にベッドへダイブした。ふたりして疲労困憊《ひろうこんぱい》であった。

そこから最後の気力を振り絞り、なんとかシャワーを浴びバスローブに着替えたところで、活動限界が訪れた。今日はもう何もしたくない。

だが、今夜は新婚初夜なのである。英汰もさきほどシャワーを浴びに行った。

思えばここまで、彼はずっと紳士だった。婚前交渉どころか、キスする事さえなかったのだ。つまり挙式で行った誓いのキスが明臣のファーストキスになったわけである。

(……まったく記憶にないが)

よく考えると、初キスが公衆の面前で行われたという事実に衝撃を覚える。

正式に婚約してからも、英汰の態度は変わらなかった。

明臣に性的魅力を感じていないのかと思いきや、たまにこちらを凝視して、性フェロモンを漏らしているので、ちゃんとそそられてはいるようだ。

(それなりに大事にしてくれてるのか？　あいつが、何を考えているのかわからない)

自分がオメガだと判明してから、発情予想時期になると明臣は抑制剤を飲んでいる。薬効で性的欲求自体が希薄になるため、あまり不便は感じていなかった。

だがこれからはそんな事を言っていられない。英汰と子作りするのだ。

(キスの時みたいに、気がついたら終わっていて欲しいんだが……)

白いタキシードに身を包んだ英汰を見た途端、頭がふわふわになった。有名デザイナーのオートクチュールなので、生地かデザインにそのような特殊効果があったのだろう。明臣が英汰なんかに見惚れるわけがないので、間違いない。

(初めての性交はオメガでも痛いらしいからな。そうもいかないか)

受け入れる場所が場所だし、痛いのは仕方がないだろう。しかし先人が耐えられたもの

なら、きっと自分にだって耐えられる筈だ。

一応自慰らしきものはした事があった。もっと具体的に言うと、指を一本突っ込んでみた事ならある。感想としては、痛いが耐えられないほどではない、だった。

相手は百戦錬磨《ひゃくせんれんま》の英汰なのだ。上手い事するっと入れてくれる事を祈りたい。そう、相手はあの英汰なのだ。

「……」

明臣はキングサイズのベッドの上で悶絶した。

これからあの英汰とセックスをする？　無理だ。心臓が口から飛び出しかねない。顔が熱いのに指はかじかむほど冷えている。

こんな恥ずかしく緊張する行為を、本当に人類は行っているのだろうか。

（もしかして、セックス以外にも生殖する方法があるのでは？　何かこう……手を繋いだりとか、そういうソフトな感じのやりかたが……）

その謎を探しに、今すぐアマゾンの奥地へ飛び立ちたい。明臣は両手で頭を抱えた。

（俺が経験ゼロだとバレて、あの野郎にバカにされたらどうすればいい？）

己の貞操を大事にして何が悪い。バカにするほうがバカなのだ。

理性はそう訴えるが、どこか負け惜しみじみていやしないだろうか。如何《いかん》せん相手が英汰だと思うと、妙なプライドが刺激される。明臣は考えた。

経験がないのに、あると嘘を吐くのは惨めだ。しかし相手が、勝手に「ある」と勘違いするのなら問題ないのではないか。よし、と明臣は拳を固めた。

ベッドの上であぐらをかき、ハタと気づく。

（行為自体の知識は一応ある。だが経験者っぽく見える演出とは……？）

その手の動画を視聴した事はあるが、それは男と女の絡みだった。女性を自分に置き換えてみてもピンとこない。

（そうだ、映画なんかだと事後に煙草《たばこ》を吸ったりしていたな）

悪くない演出だが、明臣は非喫煙者だ。煙草は省くとして、事後に腕枕などをしてやりながら「なかなか良かったぜ」と余裕の笑みで伝えるのはどうだろう。

それくらいなら明臣にもできそうだし、想像してみたら悪くなかった。

「よし！」

無事イメージが固まったところで、浴室の扉が開く音がした。ベッドの上であぐらのままぴょんと跳ねる。よかった、今のを見られなくて。赤くなった頬を冷ましつつ、明臣はベッドの脇でしっとり足を組んだ。

色気ある雰囲気を狙っての事だったが、明臣は我に返った。

オメガだから体毛は薄いほうだが、男なのでふくらはぎも太腿も女性に比べたらムキムキだ。自分の足を見下ろしてこれは色っぽいのか？　と不安になる。

あぐらをかいているよりはマシかと自分を慰めていると、濡れた髪を拭いながら英汰が寝室へやってきた。

「シャワー、終わったのか」

見ればわかるどうでもいい事を訊ねてしまった。ああ、と低く答えると英汰は髪を拭っていたバスタオルを床に落とす。なんでもない顔でベッドに乗り上がってくるので、明臣は反応が遅れた。

「へ？」

ぽすん、と音がして、気がつけば天井を見上げていた。そこへ、ゆっくり影が覆いかぶさってくる。英汰の顔が真正面から降りてくるのを、なすすべもなく見守った。

唇が触れる。キスだ、と思った途端、あれこれ悩んでいたすべてが吹き飛んだ。

息が震える。当たり前だ。だってこれが明臣にとって二回目のキスなのだ。

唇の表面をなぞるように啄ばまれ、相手のバスローブをぎゅっと握り締めていた。チュ、と時折音が鳴るのがいたたまれない。

（なに、なに、なんだこれ。どれくらい耐えればいいんだ……？）

息も絶え絶えになりながら、口づけに応えていると、ぬるっとした感触とともに濡れた熱い肉が唇の内側をなぞった。

「ふっ、や」

びくっとしなる身体は、あっさり英汰に押さえつけられる。舌に気を取られている隙に、湿った掌にするりと太腿を撫でられた。

「ひぃっ」

我ながら色気のない声だが、今はそれどころじゃない。明臣は騙された、と思った。自分で触るのと、全然違う。考えて、明臣はハッとした。

（一次体性感覚野による感覚予測がないからか）

要するに自分で脇を触ってもくすぐったくないが、他人に触られるとくすぐったいアレである。だがそれに気がついたとしても対処法はない。明臣は愕然とした。

不埒な指は足の付け根をくすぐっているし、無遠慮な舌は、早く中へ入れろと歯列をノックする始末だ。

「ん、んっ」

嫌だというより訳がわからなくて明臣は必死に歯を食いしばった。すると英汰がふっと顔を起こし、次は耳朶《じだ》に口付けた。

「明臣」

名を囁かれ、あっと頭が仰け反った。腿の内側を撫で回されながら足を広げられる。止めろと思わず叫んだ瞬間、英汰の舌が口腔内へ差し込まれた。

「ん、むぅ」

濡れた舌で上顎をくすぐられ、へなへなと全身の力が抜けてゆく。股を蛙《かえる》のように開かれてバスローブが大きくはだけた。下着をつけていなかったので、全部丸出しだ。

エステに行っておいてよかった。そう思うのと同時に、これくらいで半勃ちになっている陰茎に羞恥を覚える。我ながら混乱していた。思考にまとまりがない。

(くそ、なんで電気を消しておかなかったんだ！)

今更ながら、明臣はヘッドパネルへ手を伸ばそうとした。照明を操作しようと思ったのに、呆気なくその手は奪われる。ぎっちりと恋人繋ぎにされた手を外そうと、男の腕の中で明臣はもがく。

「おい止めろ。明かりを消せ……っ」

「消さない。このほうがよく見えて最高だ」

「うう、こっちは最悪なんだよ！」

呻く明臣の機嫌を取るように、ちょんと鼻の頭にキスされた。額と額をぶつけ、見つめ合う。いつもの爽やかな顔ではない、余裕のない男臭い顔に、明臣は思わず見惚れた。

(英汰のくせに可愛い顔をしやがって……！)

きっと誰彼かまわずキュンキュンさせてきたに違いない。

俺はお見通しだ、全然効かない。そんな事を思いながら自由になった指を伸ばせば、甘える猫のように英汰が頬を擦り付けてきた。ふはっと笑ってしまう。こちらを見て、英汰も笑った。ずいぶん嬉しそうな顔だ。

絆されないぞと思って相手を見ていたら、また唇が重なっていた。今度は自分から舌を差し出してやる。

「ん……っ」

静かな空間に、くちゅと水音が跳ねるのが心臓に悪い。英汰のくせに舌も唇もどうしてこんなに柔らかいのだろう。唾液《だえき》が甘い。ドラマや映画でキスシーンを見ても、いつもピンとこなかった。でも今、明臣は知った。

なるほどこれは誰も彼も夢中になる筈だ。だってこんなにも気持ちがいい。深いキスに気を取られていたら、腹から胸にかけてツツ、と撫でられた。

「ふ、っ、あ」

英汰の指が乳首に触れる。柔らかいそこをふにふに弄られ、くすぐったさに身を捩った。それを咎《とが》めるように、きゅっと指で両方いっぺんに摘まれる。

「やめっ！」

相手を押しのけて、両腕で胸を守る。つい涙目で睨みつけると英汰はぐっと眉間に皺《しわ》を寄せた。ものすごく不満そうな顔だ。不満があるのはこっちだ、と思いつつ明臣は言った。

「胸は……関係ないだろ……その、子作りするのに……」

英汰が微妙な顔をする。

「それがおまえの好みのやり方なのか？」

「は……？　はあ!?　俺の好みとかじゃなくて！　入れて出せばいいのに余計な事をするなと言っている！」

　今度こそ英汰は呆れた顔をした。

「入れて出せばって……動物の交尾じゃないんだぞ」

「うるさい。嫌ならもう止めろ！」

　はあ、とため息を吐き、英汰は明臣の股間を覗き込んだ。

「嫌だなんて誰が言った？」

　慎重な手つきで明臣のペニスに触れる。既に芯を持ち始めているのが恥ずかしかった。お返しに明臣も英汰のものへ触れる。ぎょっとして触れた手を引っ込めた。

　体格が体格なだけに、それなりのブツである事は折り込み済みだったが、その予想をはるかに上回る長大さだ。

「いや、ちょっと待て。おまえのソレは何かの冗談か？」

　焦りまくる明臣に、英汰がムッとした。

「人の性器を冗談扱いにするな」

「そんな事言ったって……こんな……大きすぎる……」

　現物を目の当たりにしているのに、嘘だと思うような大きさだ。血管がバキバキに浮き上がり、色も自分のものより数段濃い。さぞや使い込んでいるのだろう。

まじまじと見つめ、両手でぎゅっと握り締めた。

「おい、いきなり握るな！」

英汰が眉を寄せ、苦しげに呻く姿を見て、腹が妙にざわざわした。なんだか変な気分だし、顔が火照ってくる。明臣は膝をモジつかせながら謝った。

「痛くしてごめん。……もうしないから」

「いや、雑にしないなら好きに触れていい」

好きにしろと言われても困る。明臣はごくっと喉を鳴らした。どうしよう、と見つめていると、英汰の陰茎がさらに大きく膨らんできた。これが自分の中に入るのだと思うと、怖い。

「そこまで驚愕されるほど大きくないと思うが。アメリカにいた頃だってこのくらいのヤツはそこそこ……」

言いかけて英汰はふいに口を噤んだ。明臣の絶対零度の眼差しに気づいたようだ。

いったいどこのどいつらと比べ合ってきたのか知らないが、それを配偶者である明臣に初夜の場面で告げるのは、あまりにもデリカシーがないのではないか。

「統計学的な見地からペニスの大きさを語れるほど経験豊富だと言いたいのか」

「待て、違う。誤解だ」

「誤解？　じゃあ、俺のがちいさいとでも言いたのか？　女だけじゃなくて、オメガの男も抱きまくってきたんだろ。教えてくれよ」

「だから誤解だと言ってる！」

大きな声に驚いて、思わずびくっと肩を揺らした。英汰はそんな明臣を見て、荒々しく自分の髪をかき乱した。

「……初めてだ」

話の前後が読めず、明臣は首を傾げた。

「初めて？　いったいなんの話だ？」

「だから……俺は童貞だ。おまえが初めての相手だと言っている」

「嘘つけ」

すかさず否定していた。なんならちょっと被せ気味だった。いくらなんでもあり得ない。この顔で、最上位のアルファで、童貞だと？

ははっと思わず笑っていた。英汰が何を考えて、そんな嘘を吐いているのかわからない。

（なんでそんな嘘を吐く。俺はおまえが、正真正銘初めての相手なのに……）

腹が立ったし、胸が痛かった。明臣は足を開いて、手の中の熱を自分の中心へ導く。

（ふざけんな。この俺が、こんなもんにビビって堪るか）

先端が、入り口に触れている。震えそうになる身体を意志の力で押さえ込んだ。挑発するように腰を振ると、粘膜同士がさらに密着した。明臣はふ、と息を弾ませる。

「おまえが初めてだって言うなら俺だって初めてだ。せいぜいありがたがって、拝めよ」

英汰の目元が険しくなる。怒ったのだろうか。たとえそうだとしても、いったい何に対して怒っているのかわからない。吐き出す息が熱かった。

(俺、発情期、なんだよな……)

挙式の日程とぶつかってしまったが、抑制剤を飲んでいるから問題ないと思った。初夜の事を考えて、避妊効果のある薬は飲んでいない。

挿入する事はできるだろうが、感覚はすこし鈍っている。でも今回に限っていえば、都合がいいだろうと明臣は考えていた。

抑制剤なしで行為をすると、アルファもオメガもタガが外れ、番いやすくなるという。なし崩しで英汰と番になるのは絶対に避けなければならない。

番は明臣にとって最後の切り札だった。結婚したとはいえ、おいそれとくれてやるつもりはない。堪らないとでも言うように、英汰が腰を捩った。

「……っ」

まだ馴らしもしていないのに、触れ合っている部分から、くちっと濡れた音がした。英汰の先走りなのか、それとも明臣の愛液なのだろうか。

互いに腰を振り、粘膜同士を擦り合わせる。熱い。もどかしい。ぬるぬるしていやらしい。

「ふ、ふっ」

抑制剤を飲んでいても、これだけ至近距離で接していれば、英汰のフェロモンを感じる。明臣を睨みつけたまま、英汰がぐっと腰を押し付けた。隘路《あいろ》をかきわけ、先端が入ってくる。

「う、っぐ、ああっ」

色っぽい喘ぎ声など無理だった。英汰が入ってきただけで、勝手に声が押し出される。引き裂かれるような痛みがあり、尻がバカになりそうだった。

中が灼けるように熱い。苦しくてつらい。

「は、っく」

吐息交じりの英汰の声に、首の後ろがそそけだった。彼は今、明臣を味わっているのだ。そう思った瞬間、全身がわななないた。

「あ！　あっ！　ああ！」

目の前が白く飛ぶ。がくがくと腹だか腰が痙攣《けいれん》する。気がつけば明臣は夢中で尻を振っていた。舌打ちが聞こえ、ハッとする。英汰が自分を凝視していた。口の端が冷たい。だらしなく涎《よだれ》を垂らしていた。初めて抱かれて、しかも抑制剤が効いている状態で、ここまで乱れるものなのか。己の浅ましさに心臓が止まりそうになる。

（オメガの性なのか……こんなケダモノじみたものが？）

腰骨を掴まれ、ばちんと音がするほど激しく突き入れられた。自分の喚《わめ》く声が遠くに聞こえる。何度も抜き差しされ、視界が明滅した。

「ひっ、う、アア」

逞しい背中の向こう、揺さぶられる爪先がぎゅーっと丸まった。

腰の奥から愉悦《ゆえつ》がこみ上げ、背骨で砕け弾ける。快楽の粒が血流に乗って全身の隅々まで行き渡る気がした。

（……）

次に気がついた時、明臣はひとりベッドの上で仰臥《ぎょうが》していた。こめかみが冷たい。指で確かめると流れた涙がシーツにこぼれていた。自分が泣いていた事に驚く。取り敢えず半身を起こそうとして、腹がべとべとに汚れている事に気付いた。

（射精……したのか）

自分でも知らぬ間に絶頂を迎えていたようだ。明臣は下腹を撫でた。後孔にヒリつくような痛みはあるが、切れてはいないらしかった。

自慰とセックスはこんなにも違うのか。隣に手を伸ばし、空っぽのシーツを握りしめる。

明臣は下唇を噛み締めた。

（俺は、惨めなんかじゃない。……全部自分で選んで決めた事だ）

あの男から、愛のことばを囁かれたかったわけじゃない。だが行為が終わるなり、明臣を放置してさっさとシャワーを浴びに行かれたのは少々笑えた。

新婚初夜で、明臣にとっては生まれて初めての行為だったのだ。

（コレが、俺の初体験か）

英汰と結婚して子供を産む。セックスに不安があったが、痛いばかりじゃなく、快感を覚える事ができた。これ以上何を望めばいい。明臣は、ぐっと奥歯を噛み締めた。

これしきの事で、自分は損なわれたりしない。喪《うしな》ったものなど何ひとつない。

（孕んでいてくれ。……頼む）

抑制剤を飲んでいてさえ、あの行為に溺れかけた。好き者とオメガを蔑《さげす》む者たちの気持ちが、わかってしまうのが嫌だった。


結婚してから三ヶ月後、明臣は第一子を妊娠した。

ふたりの子は女の子で、名付け辞書や姓名判断を駆使し、凛と名付けた。妊娠中、そして出産後、英汰は意外なほど献身的に支えてくれた。

男性であるMオメガは女性と比べて乳腺が発達しづらい。母乳とミルクの混合育児が主流だ。Mオメガでも第二次性徴期に乳房が膨らむ者もいるが、初期の段階から抑制剤を常飲していた明臣には当てはまらなかった。

凛が新生児の頃から英汰が夜の授乳を積極的に行ってくれたため、明臣は気の狂いそうな寝不足を免れる事ができたのだった。そのぶん英汰は朝、ふらふらになりながら出社する事もあった。さすがに心配になって、夜間の授乳は明臣がすべて請け負うと言ったのだが、英汰は取り合わなかった。

「家事はお手伝いさんがしてくれるし、身体もかなり回復した。夜も俺ひとりで大丈夫だ。働いてるんだから夜はちゃんと寝ておけよ」

「昼間はおまえが凛の面倒をみてくれているんだ。俺の子供でもあるんだから、すこしは任せてくれ。赤ちゃんの時期なんて、あっというまに終わってしまうって言うだろ」

狭いマンションで娘と英汰と三人で暮らすのは悪くなかった。

英汰は娘だけではなく明臣の体調も気遣ってくれる。仕事が休みの日は、家族で近くの公園に遊びに行った。

物心ついた頃から、習い事や両親絡みのパーティーなど、日々のスケジュールはぎっちり埋まっていた。公園でのんびり弁当を広げるなど、生まれて初めての事だった。

まだほとんど歩けない凛を交代で抱っこして桜並木を歩いた。三人で並んで歩く頃、遊歩道は鮮やかな落葉で埋め尽くされていた。明臣は過ぎ行く季節を、心に留めた事などほとんどない。だが日々すこしずつ成長する凛とともに、移ろいゆく風景は心に残った。

出産したら半年と待たずに復帰するつもりでいたのに、気がつけば二年間の産休をぎりぎりまで使っていた。仕事を手放すつもりはない。だがどうしても娘と離れがたかった。

凛が保育園に入園したその日、車の中で明臣は涙ぐんでしまったくらいだ。伊藤も皇も来客が多いから、凛はほとんど人見知りしない子に育った。ありがたい事に保育園の通園も嫌がらない。

（凛がいい子だから、子育てが順調すぎる。こうなるとふたりめを考えたくなるな）

会社へ向かう送迎車の中で、明臣はぼんやり考えた。

見合いの際、英汰は子供をふたり産めば離婚できると言った。つまり、もうひとり子供を産まない限り離婚できない、という事だ。

Mオメガの出産は帝王切開で行われる。身体の傷を癒《いや》すためにも第二子を妊娠するのは、一年かそれ以上間隔を空ける必要があった。万が一を考えて、出産後の性行為は控えている。そろそろ解禁する頃合いだろうか。

最近英汰がじっとこちらを見つめているのに、気がついていた。

（でも、もうしばらく三人で暮らすのもいいよな）

英汰はどう思っているのだろうか。凛を寝かしつけたあと、明臣は直接訊ねてみた。

「なあ、ふたりめについてなんだが……」

「ああ、そろそろ作ろうか」

打てば響くような答えに、明臣は鼻白んだ。

(ふたりめができたら、いつでも離婚できるんだぞ。おまえは迷いもしないのか)

明臣が離婚を切り出してくるなんて、想像さえしていないのだろう。もしくは離婚しても構わないと思っているのか。

(この生活を惜しんでいるのは俺だけか)

もう凛は、ほとんど夜泣きをしなくなった。寝室は扉で繋がっているが別室だ。いつもは開け放っている子供部屋との続きの扉を英汰はそっと閉めた。

英汰は明臣のシルクのパジャマを脱がせ、素早く下着を剥いだ。立ったまま口付けてくる。

「んんっ、ん」

英汰に口づけられながら陰茎を嬲《なぶ》られる。明臣があちこち身体に触れるのを許さないため、英汰の愛撫はいつも性急だ。だが今日は気分じゃないと拒絶する気も起きないくらい、身体はあっけなく昂ぶった。前からも後ろからも愛液がとろとろあふれてくる。

「明臣……」

名を呼ばれ見つめられただけで、はしたなく濡れるのが自分でわかった。初めての出産と慣れない育児で疲れていた時は、性欲なんて微塵もわかなかったのに、今は気が狂いそうなほど奥が疼いた。

自分と同じように英汰を下だけ脱がせる。息を荒くした英汰が、首筋に忙しなく口付けながら囁いた。

「前と後ろ、どっちがいい？　上に乗ってもいいぞ」

明臣はベッドに乗り上がり、四つん這いになった。尻を丸く撫でた指が割れ目をなぞり、後孔に触れる。そこでノックするように指を使われると、ちゅっちゅと甘えるような水音が立った。からかうように焦らされて、明臣はかぶりを振った。乾いた髪がぱさぱさと鳴る。

「……英汰ッ」

名を呼べば、咎めるような響きを帯びた。謝るようにうなじに口付けられる。背中一面が粟立った。声もなく仰け反ったところへ指を挿入される。

「ああっ」

指一本では充足感にはほど遠い。犬のように腰を振って続きを促すと、すぐに二本目の指が入ってくる。

「は、あ、うん」

もどかしくて涙が出る。二本指が入っているところに、自分の指を差し込んだ。ふ、と相手の笑う気配がする。相手の指が中でVの字に広げられた。悦《い》い処を自分で擦るよう言われている。指を使うと、ぬめる内壁の中で、英汰の指と擦れあった。

れた。

「あ、あっ、あ」

堪えられず射精していた。快感の余韻にぶるぶる震えていると、英汰にうなじを舐められた。

「アキ、ここ噛んでいい？」

滅多に呼ばれない愛称と甘い声に、あともうちょっとで頷くところだった。

「や……だっ、め」

後がつかないほど、軽く歯を立てられて、尿道に残っていた精液がぴゅるっと漏れた。

「あ、あぁああ」

目が眩む。達したばかりの後孔が、媚びるようにくわえこんだ指を締め付けた。

「結婚してるのに、どうして番になるのはダメなんだよ」

うるさいと言ってやりたいのに、今は口を開いたらとんでもない喘ぎ声が飛び出しそうだ。自分の指を抜いて、はあと息をつく。

（ふたり産んだら、離婚しても構わないんだろ）

この男と、番になっては駄目だ。明臣の想像していた以上に、結婚生活は上手くいっている。だがまだ確証がなかった。この男には、もっともっと明臣に夢中になって貰いたい。

いつか明臣より優れたオメガに出会ったとしても、そちらを見向きもしないほど、ただ明臣だけを求めるくらいに――。

（おまえがもっと、俺にぐずぐずになってどうしようもなくなったら、番にでもなんでもなってやる）

明臣は笑いたくなった。後生大事にうなじを守り、それを最後の砦《とりで》として縋っている。結婚して子供まで産んでおいて、我ながら滑稽だ。

「あああ！」

英汰が一番奥まで入ってくる。種付けされたくて降りてきた壁を、ペニスの先で抉られた。隣に子供が寝ているのに、泣き喚くような声が出る。咄嗟に掌で口を塞がれた。

「うっ、ぐ、んんん！」

大きなものが、さらに大きく膨らんだ。最奥で熱い飛沫《しぶき》を感じながら、明臣は目を閉じた。

もうすぐ三歳になる娘の凛は、最近すっかりおしゃべりだ。カート式のベビーベッドを一生懸命覗き込もうとしている。

「あかちゃ、かあい、ねえ？」

拙い発音だが、ちゃんと何を言っているのかわかる。自分だってまだ赤ん坊みたいなものなのに、新生児を見て可愛いとはしゃいでいる。

自分がオメガだと知った時、世界が終わったと思った。でも今はオメガに生まれて来た事を感謝している。

（俺が産んだ子供たち）

娘を連れて出産後の明臣を見舞いに来た英汰は、仕事の電話がかかってきて談話室へ行ってしまった。

「しゃしんち、たのしみねえ」

写真の事を、何故か凛はしゃしんちと呼ぶ。余分な「ち」はいったいどこから出てきたのか、微笑ましくて何度聞いてもニコニコしてしまう。

「凛ちゃん、とっても可愛く写っていたね」

「あいがと～」

さきほど家族四人が揃ったところを、スマホのカメラで看護師に撮って貰った。子供たちも英汰も、そして自分も、良い顔で笑っていてなんだか照れくさかった。

昨夜ほとんど眠れなかったうえ、痛み止めを飲んでも術後の傷が疼き、気持ちが異様に昂ぶっているのが自分でわかる。

（あ～、これは産後ハイってやつなのか？）

ベビーベッドから離れ、凛がベッドの横にひっついて来た。頭を撫でるとくすぐったそうに首を竦める。傷に障るので、凛を抱っこしてやれないのがもどかしい。

「ぱぱ、かえゆの、いちゅ？」

「あと六回寝たら、家に帰るよ」

ちいさな指を一緒に六本折り曲げながら教えてやると、凛はにっこり微笑んだ。

「おとうしゃと、ぱぱと、りんちゃと、あかちゃ」

「そう、四人でおうちに帰ろうね」

たった三日家を開けただけで、もうマンションが恋しかった。家族がひとり増えたから、これからはさらに賑やかな生活になるだろう。

個室の扉がノックされ、答えると英汰が入ってきた。凛がぽてぽて歩み寄るのを片手でひょいと抱き上げる。寝ている顔を覗き込まれた。

「昨日はちゃんと寝れたのか？　すこし隈ができている」

「アドレナリンの大放出のせいで眠れていない。凛の時も出産した晩は眠れなかった」

「疲れてるだろ？　俺がいるあいだに昼寝をしたらどうだ」

凛を抱っこしていないほうの手で、英汰はそっと明臣の髪を撫でた。優しい手だ。結婚して一緒に暮らすようになってから、英汰はずっと明臣にも子供にも優しい。

窓から午後の陽が差し込んで、病室はどこもかしこも眩しかった。娘がいて、生まれたばかりの息子がいて、英汰がいる。胸が苦しくなるほど彼らが愛おしい。すべて満たされていて、訳もなく涙があふれそうになる。明臣は幸福だった。英汰が目を弓なりに細める。

「よく頑張ったな」

囁くように告げられた時、明臣はほとんど天啓のように思った。――自分はこれを失えない。

その思いは強烈で、息が詰まるほどだった。束の間、明臣は放心した。

ふたりの子供を産んだ今、自分たちはいつでも離婚可能だ。

（もしも俺よりも優れたオメガが現れたら？）

英汰が自分以外のオメガと番になったら――きっと自分は壊れてしまう。

（ダメ……ダメだ）

明臣にはふたりの子供がいる。彼らが大人になって独り立ちするその日まで、身勝手に壊れるわけにはいかなかった。

（どうすればいい？　どうしたら俺は壊れずにいられる？）

寝不足と疲労で頭が鈍く重い。明臣は狂おしいほどに考えた。英汰が心配そうにこちらを見ている。慈しみに満ちた瞳は、今はまだ明臣のものだ。ああ、そうかと明臣は気がついた。

いつか誰かに奪われるくらいなら、今自ら手放してしまえばいい。

（そうだ、早く早く早く）

叫ぶように明臣は言った。

「やったな、これで離婚できる！　ふたり産んだら、離婚していいんだろ!?」

眩しかった部屋が暗く陰る。口にした瞬間、自分は間違えたのだと気がついた。

違う、こんな事を言いたいんじゃない。今すぐ発言を取り消さなければ。そう思うのに、脳の全機能がショートしたらしく間抜けに瞬く事しかできなかった。

「りこ……って、なあに？」

凍りついていた英汰が、娘のことばを耳にして緩く瞬いた。

「ああ、凛」

娘の名を呟いて、英汰は握った拳を震わせた。

結婚してから三年、英汰とはよく喧嘩をした。そして今、かつて見た事がないほど、彼は怒り狂っていた。

たとえば明臣が本当に離婚を考えていたとしても、子供の前でするべき話ではなかった。たとえ相手にその意味が理解できないにしても、だ。取り返しのつかなさに指が震えた。

（英汰に失望された？　当たり前だ……凛ちゃんの前で、俺はなんて事を……）

すべてのプライドを投げ捨てて、英汰に許しを乞う。それが正解だし、明臣もそうしたかった。それなのにどうしても声が出ない。

待ってくれと言いたいのに、ひゅっと喉が鳴っただけだった。

「おまえの気持ちはよくわかった。……退院したら、手続きをしよう」

横面を殴られたような衝撃に全身が凍りつく。重苦しい沈黙を英汰が破った。

「そろそろ行こうか、凛」

「や！　ぱぱと、もっとおはなししゅの！」

凛の指がこちらに伸ばされる。その手に縋りつきたかった。ふたりの姿を見た英汰が、一瞬だけ顔を歪ませる。静かに深呼吸をして、英汰はすぐに笑顔を取り繕った。

「パパは赤ちゃんを産んで疲れてるんだ。休ませてあげないと」

凛の髪に顔を埋めるようにして、優しく囁く。愚図りかけていた凛が小首を傾げた。

「おやすみなさい？」

そうだよ、と英汰が言い聞かせると凛は不承不承頷いた。

「あい。ぱぱ、ばい～。またねえ」

抱っこされた凛が、身を乗り出すように手を振った。こちらを見ないまま英汰が扉から出て行ってしまう。

駄目だ、行かないで。ごめんなさい。こころの中で叫ぶのに、言えずに唇が震えて終わる。去って行くふたりを、明臣は呆然と見送った。

（離婚……）

あっさり了承されてしまった。後継の子供さえできれば、明臣の事などもうどうでもいいと思っているのかもしれない。だが離婚の話を最初に切り出したのはこちらなのだ。

今さら捨てないでと縋ったところで意味はない。自分たちは番でさえなかった。番になる事を、ずっと拒んできたのは明臣だ。

生まれた息子には宗佑と名付けた。宗佑の出生届を出してからひと月も経たず、明臣と英汰の離婚は成立した。

5

蒼穹《そうきゅう》をバックに第五十六回中央小学校大運動会の横断幕が掲げられている。設置したタープの下、アウトドアチェアに腰を下ろし、明臣は4K対応のデジタルビデオカメラを覗いていた。もちろん、子供たちの雄姿を録画するためだ。そのためのハイエンドモデルである。

「おい、ちゃんと撮れてるか?」

「馬鹿、おまえの声が入るだろ。……ちゃんと撮ってるよ」

「そう言って宗佑の卒園式の入場シーン、撮れてなかっただろ」

「何回そのネタで責めるんだよ。ちゃんと撮れてる！」

あまりにも英汰がしつこいので録画したばかりの動画を再生してやる。どれどれ、と覗き込んでくる相手の距離が近い。息がくすぐったくて、首を竦めた。

「……ほら、大丈夫だっただろ？」

相手の胸を押し退ける。英汰は不満そうに頷き、ミネラルウォーターをぐびりと飲んだ。スピーカーからアナウンスが流れ、英汰が勢いよく立ち上がる。

「次の借り物競争に出る。ちゃんと俺の活躍を撮っておけよ」

「ぶっ！」

羽織っていたジャージを頭から被せられ、明臣はなんだよ！　と叫んだ。ははっと笑い声を残し、Ｔシャツ姿になった英汰がタープから出て行く。

「は？　誰がおまえの事なんか撮るか。ＨＤの無駄だ」

思わず憎まれ口を叩くと、英汰はこちらを振り向かず背中越しにひらひら手を振った。

逞しい肩、広い背中、引き締まった腰。ハーフパンツにスポーツレギンスを合わせた格好が、長身とあいまってどこのプロスポーツ選手ですか、という迫力だ。

（いやスポーツ選手にしては足が長すぎる）

英汰がグラウンドへ移動すると、奥様たちどころか女子生徒たちの視線まで集めている。

（あの男の存在自体が、青少年の健全な育成にとって有害なのでは？）

ムッとして、英汰のジャージを踏みつけようか迷う。なんとなく鼻先をジャージに埋め、くんと匂いを嗅いでみた。洗剤の匂いにほんのすこし混じって英汰の匂いがする。

パッと顔からジャージを引き剥がし、椅子の背に乱暴にかけておいた。

咳払いしつつ、ビデオカメラの準備をする。明臣としては英汰の姿なんて、ちっとも全然撮りたくないが、可愛い子供たちは見たがるかもしれないので仕方なくだ。

（ここテント設置可能エリアだから、ちょっと角度が悪いな。撮影用ポイントまで移動するか？　しかし荷物を放置するわけには……いやでもちょっとなら……）

悩んでいるうちに、競技開始のピストルが鳴る。英汰はどうやら三組目らしくトラックの外で待機していた。

それにしても同年代の父親たちと混じると、異物感が凄まじい。草野球にメジャーリーガーが来てしまったくらいの場違い感がある。

そうこうしているうちに二組目がレーンに並びだした。スターターピストルの発射音を合図に、父親たちが一斉に走りだす。彼らは十メートルほど走ったあと、それぞれカードを拾い指示に従ってドタバタと運動場を駆け回る。

見ていると、指示書の内容は様々で、麦わら帽子を被った人、赤い靴、うちわ、教頭先生、かつら、などと書いてあったようだ。

ちなみにかつらはちゃんと学校側でアフロのかつらを被った教師がスタンバイしていた

ので、父兄の悲劇は避けられた。

　いよいよ三組目が呼ばれる。生徒控え席では今頃、凛と宗佑が期待して見ているだろう。英汰が活躍するのは癪だが、子供たちに恥をかかせるのは許せない。カメラを握る手にも自然と力がこもった。

　パン、とピストルの音で父親たちが走りだす。さすが英汰はダントツに早く、一番に指示書を手に取った。一瞥し、何故かどんどんこちらに向かって走ってくる。

「……は？」

　きゃあ、という黄色い声とともにタープに飛び込んできた英汰がバッグを掴んだ。

「中にメガネが入っている。かけろ」

　言われるまま明臣がメガネをかけたところで、横抱きにされた。は？　と声が漏れる。

「掴まってろよ」

　そう言うなり英汰が駆け出した。割れんばかりの歓声に包まれる。意地でも離さなかったビデオカメラで英汰の横顔を撮りながら、明臣は我に返った。

「おいこら馬鹿下ろせ！　なんでお姫様抱っこだよっ。俺も走ったほうが早いだろ！」

「……ハンデだ」

　息を乱しながら答える英汰に呆れる。これで一位じゃなかったら死ぬまで馬鹿にしてやろう。そう思っていたのに、英汰は一位でゴールした。

「はいメガネをかけた人、オッケーです！　一位のフラッグのところで待機お願いします」

　明臣はビデオカメラを止め、無言で英汰の膝裏を数回蹴った。

「地味に痛い。止めろ」

「うるさい。お姫様抱っこの恨みを思い知れ」

　百円ショップで売っている金メダルを、係の女生徒が英汰の首にかけてくれる。ありがとう、と微笑み、少女の初恋を奪う鬼畜野郎にもう一度蹴りを食らわせておいた。

　自分たちのタープに戻り、凛の学年の短距離走を齧《かぶ》り付きで眺める。

「さすが凛ちゃん余裕のトップ。俺の遺伝子が効いている」

「凛の足が早いのは俺の遺伝だろう。耳の形も俺と一緒だし」

「耳の形なんて皆一緒だろ」

「そうでもない」

　耳を撫でられ、ぴくっと肩が揺れてしまった。手を振り払う前に英汰が身を退く。勝手に触るなと睨みつけると、相手はじっと見返してきた。

「……顔はおまえ似だな。凛は将来凄い美人になる」

「凛ちゃんは、今でも美人だろっ」

　言い返したが、声がちょっとひっくり返ってしまった。確かに、と悪気なく笑う男から目を逸らす。この調子で息を吸うように人を口説いているのだろう。そのうち誰かに刺されてしまえ。そう思った次の瞬間、でも宗佑と凛が悲しむからやっぱりダメだと思い直した。

（なんだろう……タンスの角に小指をぶつけろとか、あっ、裸足でレゴのパーツを踏め。そして涙目になるがいい）

明臣が地味に呪っていると、午前中ラストの競技である一年生クラス対抗親子リレーのアナウンスが流れた。明臣が出場する競技だ。羽織っていたパーカーを脱ぎ、椅子の上に畳む。

ウォーミングアップしていると、じっと横で見ていた英汰が口を開いた。

「……パーカーは着ていたほうがいいんじゃないのか」

「は？　動きづらいだろ」

明臣が答えると、相手の眉間にぐっと皺が寄った。

「腕を上げると腹がちょっと見えるし、薄着すぎると言っているんだ！」

思いのほか強い口調で告げられて、明臣は面食らった。

「薄着って……おまえとまったく同じ格好なんだが」

上はショートスリーブのTシャツ、下はハーフパンツのトレーニングウェアにスポーツスパッツを組み合わせたよくあるスタイルだ。どこに問題があるというのか。

競技前に難癖をつけられたとしか思えず明臣はムッとした。無視して集合場所へ向かおうとして、手首を掴まれる。離せ、と睨みつけると英汰はきゅっと唇を噛んだ。

「おまえのウェアは……身体にフィットしていて、ラインが丸わかりだ」

「別にラインがわかったところで恥ずかしい体型はしていないつもりだが」

明臣のことばに英汰は珍しく弱った顔をした。

「確かにおまえの体型は完璧だが。問題はそこじゃなくてだな……」

こんな要領を得ない発言をする英汰はさらに珍しい。明臣は首を傾げながら言った。

「このウェアはランニング用の速乾タイプで、杉田さんチョイスだぞ。身体にフィットするのは風の抵抗を最小限にするためだ。これでもまだ文句があるのか？」

納得するかと思いきや、英汰はぎりっと歯噛みした。

「杉田さんに対するその信頼感はなんなんだ。引き出物だって彼が選んだものにするし」

「仕事が忙しいからって俺たちが丸投げしたせいだろ。おまえこそ野村を秘書にしたくせに」

明臣が白けた目を向けると、野村？　と英汰がきょとんとした。

「何故その名前がここで出る？　珍獣みたいで見ていて飽きないから秘書にしたが……」

「それはよかった。ずっとあいつの事見ていろよ」

掴まれたままの腕を強引に取り戻す。足早にその場を去ろうとしたが、すぐに行く手を塞がれた。英汰に正面から見つめられ、一瞬息を呑み込んだ。

「俺がずっと見ていたいのは――」

キーンという甲高い音が響き渡り、咄嗟に耳を塞ぐ。英汰は必死に声を張り上げようとして、すぐに諦めた様子だった。運営本部のスピーカーがハウリングしたらしい。

数秒後、耳鳴りがやんだところで訊ねてみた。

「それで、おまえがずっと見ていたいのは誰だって？」

「おまえは鬼か。……また今度言う」

「もったいぶるような話か？　まあどうでもいいが」

ふて腐れる英汰を残し、明臣は集合場所へ急いだ。気がつけば鼻歌を歌っている。さっき、英汰の声は聞こえなかった。だが口の動きでそれなりにわかる事もあるのだ。

集合場所へ行くと、子供たちは既に整列を終えていた。宗佑がこちらに手を振っている。可愛い。明臣もちいさく手を振り返した。

「いやあ、スタイル抜群でいらっしゃる！　腰の位置が高いですな」

背中からいきなり声をかけられて、びくっとしてしまった。オメガにとってうなじは急所なので、後ろに立たれるのは苦手だ。

振り向けば、三十代後半から四十代前半くらいの男が笑顔で立っていた。知らない顔だがここで待機しているのなら一年生の父兄である。どうも、と愛想よく返しておいた。

「凄くお綺麗なので、モデルさんかと思いましたよ。子持ちだなんて信じられません」

これでも二児の父親なのだが、とムッとしたが、相手に悪気はなさそうだ。それに彼が一年生の父兄なら、これから六年は一緒である。軽く流す事にした。

「モデルだなんてとんでもない、私は普通の会社員ですよ」

「すめらぎ製薬の御曹司が普通の会社員だなんて、とんでもない！」

明臣の事を知っていたのなら、さっきのモデルのくだりはなんだったのか。一礼して退散しようとする明臣に、空気を読まず男は続けた。

「風間《かざま》です。息子の隼人《はやと》が、宗佑くんと仲良くして貰っていると聞きましてね。皇さんには一度ご挨拶したかったんです」

「おや、そうでしたか。宗佑がいつもお世話になっています」

風間と名乗った男は大手食品メーカーの管理職だと言った。明臣が移動すると、風間もぴったりと隣についてくる。近すぎて肩がぶつかりそうだ。

「皇さん、父親同士親睦《しんぼく》を深めませんか。今度飲みに行きましょうよ」

「実は私は下戸なんです。せっかくのお誘いですが、すみません」

「皇さんが酒に酔ったら、その真っ白な肌がピンクになってさぞ色っぽい事でしょう！ぜひ拝見したいものです」

ニヤつく風間に腰を抱かれそうになって、明臣は素早く避けた。そのまま笑顔で言い切った。

「多忙なもので、すみません」

ムッとされて、心外なのはこちらのほうだ。オメガでバツイチだからと軽く見られたらしい。

（ったく、ふざけんなよ）

多くのベータやアルファたちは、オメガに対し性的なファンタジーを抱いており、誘えば犯れる、くらいに思っているのだ。今日みたいなのはまだマシなほうで、酒の席だともっと下品に言い寄られる事もしょっちゅうである。

はー、と息を吐きながら、爪先で地面をノックする。気持ちを切り替えたところで召集がかかった。

一年生クラス対抗親子リレーは、各クラス三組の親子が参加する。まず子供たちが走り、その次が父兄たちの番となる。

「一組のアンカーは自衛隊の方だそうですよ」

「三組《うち》のアンカーはどうしますか？」

自衛隊員に怯んだのか、誰もアンカーを引き受けようとしない。ふと視線を感じおもてを上げると、風間と目が合った。ニヤついた顔で、これみよがしに挙手してみせる。

「皇さんはどうです？　お若いし、足も速そうだ」

安い挑発だ。そう思いながら明臣は笑顔で頷いた。

「せっかく推薦して頂きましたし、私でよければお引き受けします」

風間はピクリとこめかみを引きつらせた。明臣の慌てる顔でも見たかったのだろう。彼の誘いを無下にしたせいで、逆恨みを買ったようだ。

(そう思い通りになるかよ)

景気よく、スターターピストルが鳴り響く。子供たちのリレーが始まった。

小柄な宗佑が、最初の走者だった。惜しくも二位でバトンを渡したが、まずますの結果だ。残りの子供たちが次々にバトンを回してゆき、保護者の番がきた。

宗佑たち三組の順位は、一位にやや離されての二位だ。十分挽回可能な位置である。不安があるとすれば、アンカーの明臣にバトンを渡すのが、風間だという点だ。

(これだけ観客が見ている前で、おかしな真似はしないと思うが……)

五人目のランナーがバトンを受け取り、明臣もレーンで待機する。やがてトップ勢が見えてきた。現在一位である一組のランナーだ。すぐそのあとに風間が続く。

真横で一組のランナーにバトンが渡る。五秒ほど遅れてバトンを差し出された。後ろ手に受け取ろうとした瞬間、バトンが指先からすり抜けた。風間が目を細める。

(――あ)

バトンが地面に落ちる。その寸前、明臣は踵《かかと》でコンとバトンを蹴り上げた。宙に飛んだバトンを難なくキャッチして、唖然とする風間に、べえと舌を出してやる。駄目押しだ。

明臣が駆け出すと、一斉に観客が沸き立った。前を行く自衛隊は、さすがに速い。だが英汰は一位だったのだ。絶対に負けられない。久々の全力疾走に、心臓が激しく拍動する。ゴールで宗佑が飛び跳ねて応援しているのが見えた。息子目がけて全力で駆ける。

「パパー！」

自衛隊の驚く顔を尻目に、明臣は一位でゴールした。

駆け寄ってくる息子を笑いながら抱き上げる。今日一番の歓声に応えていると、肩をバスタオルで覆われた。驚いて振り向くと、英汰が仏頂面《ぶっちょうづら》で立っている。

「なんなんだよ？」

「汗で透けてるんだよ！」

水着を着たら上半身裸なのも珍しくないのに、何を慌てているのだろう。だが、よく考えてみたら、英汰と一緒に泳ぐ時は、ラッシュガード着用は絶対だったなと思い出した。

「別に男の乳首が透けたからってなんなんだよ」

「ふざけるな、絶対に駄目だ」

「おまえ、相当恥ずかしいからな……」

口元をタオルで覆いながら文句を言うと、赤い顔でうるさいとキレられた。

午前の部が終わる。子供たちが一斉に父兄エリアにやってきた。宗佑と凛と合流し昼食タイムだ。最近は親が参加できない子供に配慮し、運動会でも昼食は家族と別々に食べる小学校が増えている。だが凛と宗佑の通う小学校では、昔ながらの伝統通り家族と一緒に弁当を食べる事になっていた。

「じゃーん！」

明臣は弁当を広げてみせた。皇の弁当はローストビーフサンドをメインに、サーモンマリネとアボカドのサラダ、ズッキーニとおくら、アスパラを使った野菜テリーヌ、黒トリュフとフォアグラのパイ包み、フルーツのデザートだ。

英汰も負けじと持参した弁当を披露する。素早くチェックしてみたが、両家の料理人で相談したのか、被っている料理はひとつもなかった。

「やっぱり皇《うち》の弁当が一番だな。ローストビーフサンド最高。ね、凛ちゃん宗くん」

「いや伊藤だろ。だし巻きも西京焼きも絶品だ」

凛に「どっちも美味しいからやめなよ」と諫《いさ》められる始末である。満を持して明臣は保冷パックを取り出した。

「そこまで言うならデザートのメロンはいらないんだな？」

「ごめんなさい、いります。皇の弁当は美味いです」

あっさり敗北宣言した英汰に、ピックに刺したメロンを差し出す。そのままピックごと受け取らせるつもりだったのに、英汰は「あーん」とメロンに食いついた。

ちょっとびっくりしていると、英汰は美味いと上機嫌だ。

「お父さんって、本当にメロン好きだよね〜」

凛のことばに、明臣は頷いた。

「そうそう、他の甘いものはそれほど好んで食べないくせに、メロンだけは好きだよな」

「全食べ物ランキングの中でもかなり上位に位置するって言ってたよ」

「あの顔でメロン大好きとか、ちょっと笑える」

凛がふーんと言いながらメロンに手を伸ばす。じわじわと羞恥がこみ上げて、明臣は俯いた。

「別に、あいつのためにデザートをメロンにしたわけじゃないからね？」

「私、何も言ってないけど」

余計に赤面するはめになった。英汰のほうを見ると、宗佑がお茶をこぼしたらしく、その対応で全然気づいていない様子だ。ほっとした反面、すこしは気づけと思わなくもない。そんな複雑な心境が顔に出ていたのか、凛に溜息を吐かれてしまった。

「どうしたの凛ちゃん」

「パパもお父さんも素直になればいいのに。クラスの岡田《おかだ》くんのほうが百倍マシだからね」

「えっ、待って凛ちゃん情報量が多い。素直な英汰……いやそれより百倍マシな岡田くんって？　今度おうちに招待しなさい。父親としてぜひとも挨拶をしなければ」

「岡田くんは学年で一番足が速いし、ピアノも得意なの〜」

同級生の少年に思いを馳せ、どこかうっとり語る凛に危機感が募る。

「足ならパパも速いでしょ？　さっきのリレー見てくれた？　それにパパ、バイオリンだけじゃなくてピアノも上手だよ？　最近練習サボりがちだけど小学生には負けないからね」

どこから聞いていたのか、英汰が割り込んできた。

「ピアノなら俺も弾けるし、足はおまえよりもっと速い」

「ややこしくなるから、今入ってくるなよ」

「なんだと？」

気色《けしき》ばむ英汰をスルーする。明臣はふと、周囲の視線に気がついた。離婚しているくせに、家族団欒《だんらん》しているのが気になるようだ。放っておいてくれと言いたい。

「そうだ、宗くんのクラスに風間君っているだろ？　仲良しなのか？」

頬についたソースを拭ってやりながら、さりげなく訊ねる。まだ文句を言っていた英汰がピタッと黙る。宗佑はこくんと頷いた。

「かざまはやとくんはね、せなかをばんってするからいたいの。なかはふつうだよ」

「そうか、痛いのはダメだな」

宗佑はわりと誰とでも仲良くするタイプだ。その宗佑をもってしても、あまり仲良くしたくない少年らしい。英汰が目敏く絡んできた。

「誰だその風間君って。おまえと何の関係がある？」

明臣は答えず、お茶を拭いて汚れたタオルを指差した。

「それ寄越せ、洗ってくるから」

ムッとした顔で渡されたタオルを手に立ち上がる。タープを出る前に「待て」と英汰に引き止められた。英汰はおもむろにジャージを脱ぐと、明臣の肩にそれをばふっと被せる。

「行ってよし」

自分のパーカーがあるからいらないと言いたい。しかしここで揉めるのも面倒で、明臣は大人しくジャージに袖を通した。ワンサイズ違うほど身長差はない筈なのに、あきらかにゆったりしているのが腹立たしい。

そんな事を考えているうちに、洗い場に到着した。

日陰になっているせいで、あたりはすこしじめじめしている。明臣はタオルを手早く洗い、きつく絞った。

テントに戻ろうと一歩踏み出したところで、強く腕を引かれる。そのまま校舎の裏に連れ込まれ、明臣は相手を睨みつけた。

「放してください風間さん」

風間は答えず、暗い目で明臣をじっとり眺める。

「オメガのくせに、女にまで媚を振りまいてどういうつもりですか」

風間のように、Mオメガを蛇蝎《だかつ》のごとく嫌う男は多い。彼が見知らぬ他人なら、既に警察を呼んでいる。しかしここは学校で、今日は運動会、しかも相手は息子の同級生の父親だ。下手に騒ぎは起こしたくない。明臣は穏やかに告げた。

「用がないなら、通してください。午後の部が始まりますよ」

「私は宗佑君が不憫《ふびん》なんですよ。いくら金持ちの家に生まれたところで片親じゃねえ……」

「はあ……どこかにいい相手がいれば再婚するんですけどね」

風間の目つきが鋭くなる。

「男も女も両方楽しめて、オメガの男ってのは得ですな。あなたはどちらがお好きなんです？　子供を産んでるんだからやっぱり男がお好きなんでしょう。私の知り合いに男オメガと寝てみたいという奴がいるんですが、ぜひ紹介させてくださいよ」

「間に合ってますから結構です」

鼻白む相手をじっと眺めた。ポロシャツから運動靴に至るまで、ブランドロゴがうるさい。

「それに、あなたからの紹介じゃ期待できそうもない」

「オメガ風情《ふぜい》が、私をバカにするのか！」

風間は激昂《げっこう》した。全身ブランドもので固めた、プライドが肥大した男だ。

凄い力で壁際まで追いやられ、背中から押さえつけられる。煙草臭い息が頬に当たった。うなじを指で擦られてゾッと鳥肌が立つ。

「私はアルファだ。ここを噛めばおまえは私の番になる。嫁はいるから愛人にしてやろう。オメガの立場ってものを躾《しつけ》てやらねばな」

尻の割れ目に固いものを押し付けられて、ぞっと全身に鳥肌が立つ。――我慢の限界だ。容赦なく相手の急所を蹴り上げる。汚い悲鳴を上げ、風間がその場にくずおれた。恨みがましくこちらを見上げる男の肩を、明臣は土足で踏みしだいた。

「俺のアルファになりたいだと？　だったら跪くんだな」

冷たく睥睨してやると、風間はぽっと頬を赤く染めた。変態め、とドン引きしつつ、靴の先でその顎をすくってやる。風間は怒るどころか、ハアハアと犬のように息を乱した。

「躾がなってないのはおまえのほうだろう。俺の足元に這う資格もない、駄犬め」

そう吐き捨てると、風間は子犬のように「きゅうん」と鳴いた。男の瞳は蕩け、口からは涎が垂れている。明臣が足をどかしても、ぷるぷる震えるだけだった。

（コレもう放置でいいよな？）

ふと視線を感じ、明臣は振り向いた。いつから見ていたのか、気まずげな顔で英汰が佇んでいる。見え透いた笑みを浮かべ、明臣はうずくまったままの風間に手を差し伸べた。

「どうしましたか風間さん、気分が悪そうだ。救護係のところへお連れしましょうか」

風間の白いポロシャツにくっきりついた足跡を、ぽんぽんと払ってやる。風間は恍惚《こうこつ》とした様子で答えた。

「いえ、気分はすごぉく、いいですぅ～」

「それは良かった。さっさと自分の巣へ戻ったらどうです？」

「ひゃいっ、皇様の仰せのままに！」

雲の上でも歩くような足取りで、ふらふら立ち去る背中を見送る。明臣は綺麗にしたタオルを英汰に手渡した。無言で受け取り、じっとこちらを見つめる。

「どうした？　俺に惚れたか？」

冗談を言うと、焦った声が返ってきた。

「はっ!?　バカな事を言うな……！」

明臣になど、惚れるわけがないとでも言いたいのだろう。せっかく変態男を撃退して、晴れやかだった気分が一気に盛り下がる。

「バカって言うほうがバカなんだよ。バーカ！」

小学生のような捨てセリフを吐いて、明臣は駆け出した。背後で自分の名を呼ぶ声が聞こえたが、絶対に立ち止まってやらなかった。

◇◇◇

「どうした？　俺に惚れたか？」

そう言って不敵な顔で笑うから、息が止まるかと思った。

（ふざけるな、俺はおまえに惚れ切っている。惚れ直した、と言うのが正しい）

そう伝えたかったのに、英汰を置いて明臣はさっさと行ってしまった。離婚されて七年、いつまで経っても彼を諦めきれずにいる。

明臣以上の美女にも美男にも出会い、好意を抱かれる機会だってそれなりにあった。だが――。

英汰の優先順位は、まず仕事がくる。仕事とは別のベクトルで、最優先事項は明臣、そして子供たち。それ以外の事はぐっと順位が下がってしまう。恋愛する以前の問題なのだ。明臣が現在独身なのは奇跡だと思う。子供命のところがあるから、凛と宗佑がちいさいうちは再婚しないつもりなのだろう。それならチャンスはあと数年だ。

（あいつが、かつて自分のものだったなんて信じられない）

明臣と結婚して、英汰は幸せだった。人生の絶頂期だったといってもいい。たとえ自分に気持ちがなかったとしても、すこしずつ振り向かせるつもりだった。

いつだって明臣の気持ちを尊重したし、自分にできる事はなんでもやった。それが喜びでもあった。セックスも、彼の意に添うよう可能な限り配慮した。

（でもどうせ離婚されるなら、一回くらい自分の限界までヤっておけば良かった。もっとあちこち舐めたり、乳首も触りたかったし、中もたくさん触りたかったし……）

契約書では一度の性交につき一回の射精しか許されていなかったため、終わったあとも抱き合ったりキスしたりイチャイチャしたかったが、断腸《だんちょう》の思いでベッドを抜けだしシャワーを浴びに行ったものだった。事後の気だるく色っぽい明臣を前に、我慢するなど不可能だ。

実は宗佑が生まれた時、英汰は明臣に二回目のプロポーズをするつもりでいた。

こっそり指輪も用意して病室に向かい「愛している。これからもずっと家族でいてくれ」と告げるつもりだったのだ。

「やったな、これで離婚できる！　ふたり産んだら、離婚していいんだろ⁉」

だが明臣は、宗佑を産んだら離婚すると決めていたらしい。病室で顔を合わせた瞬間告げるくらい、英汰と別れたかったのだろう。まさしく天国から地獄だった。

この件に関しては、さすがの英汰も数日寝込んだし、今でも夢に見るほどのトラウマとなった。離婚の際はすべてを代理人に任せ、一度も明臣に会わず手続きをすませたほどだ。

結婚する時離婚の条件を言ったのは、明臣にとにかく結婚を承諾させたい一心だった。いつでも離婚できると思わせて結婚のハードルを下げて、でも本当にすぐ離婚されるのは困るので子供がふたりできたらと条件をつけた。今考えても、めちゃくちゃだ。

兄弟を別々にするのはやはり可哀想で、離婚後は結局今のような生活形態に落ち着いた。別れたあとも明臣と接点があるのは嬉しいので、良かったと思っている。

もし明臣が離婚に言及したのが、違うタイミングだったら――。英汰は、きっと言葉を尽くして明臣を説得しようとしただろう。心底惚れている、頼むから別れないでくれと土下座して縋っていたかもしれない。

でも、あのタイミングでは無理だった。

結婚し授かった娘をふたりで育て、深い絆を築けたと、英汰は信じきっていた。それがすべて自分のひとりよがりだと思い知らされて、絶望に目の前が暗くなった。用意した指輪も結局捨てられず、ずっとしまいこんだままだ。

それなのに、明臣を諦める事もできなくて別れて七年、いまだに再婚を申し込むチャンスを狙っている。我ながらとんでもない大バカ野郎である。

最上級生の騎馬戦を終え、閉会式が始まった。解体したタープを収納袋にしまう。弁当の入っていたバッグとタープを持つとそれなりに嵩張《かさば》った。

凛と宗佑はまだ来ない。明臣がこちらを見ないまま言った。

「あのさ……再婚とか、考えたりする？」

突然訪れたチャンスに、英汰はおかしな声を上げるところだった。危ない。もしかしなくても人生における最大の岐路が今なのではないだろうか。

「考えるに決まってるだろ。両親が揃っていたほうが、凛も宗佑も嬉しいだろうし。俺はいつでも再婚するつもりで――」

おまえさえよければ、と英汰が付け足す前に、腹にドカっと衝撃を受けた。

「ぐっ！」

英汰は両目を白黒させた。明臣が携帯椅子をまとめたバッグを、英汰の腹に押し付けたのだ。

「凛の親権は俺が持っている。おまえが誰と再婚したって構わないが、俺から子供を奪うのは絶対に許さない」

明臣のことばを聞いて、彼が完全に誤解している事に気づく。英汰は明臣と再婚する事を考えていたのだが、彼は違う受け取り方をした。英汰が違う人間と再婚した挙句《あげく》、子供たちをふたりとも引き取るつもりだと思ったらしい。

「待て、明臣……！」

きびすを返す明臣を呆然と見送る。ひとり佇む英汰のもとへ凛と宗佑が戻って来た。

「終礼終わったから帰れるよ～って、パパはどこ？」

沈黙する父親に子供たちは顔を見合わせ、ため息を吐いた。

「また喧嘩したの？」

「けんかしたらダメ～。かえりのかいでごめんなさいするんだよ」

小学生の子供たちに諭される。不甲斐なさにこうべを垂れた。落ち込んでいると、宗佑に屈むよう命じられる。息子の言う通りにしたら、頭を撫で撫でしてくれた。優しさにうっと思わず涙ぐむ。

宗佑の気がすむまで撫でて貰い、三人で手を繋いで校門へ向かった。

「パパもお父さんも素直になりなよ。好きだって言えばいいのにさ〜」

凛の言葉に宗佑が「すき〜！」と元気よく言った。あはは、と軽やかな笑い声が突き刺さる。

好きだと告げただけですべてが解決するなら一億回だって言ってやるのだが。

明臣に好きだと告げる想像をしてみた。冷たく睥睨され、罵倒される未来しか見えない。

(俺だって、言えるなら言いたいさ)

英汰は、ハアとひとつ溜息をこぼした。

6

八月半ば、明臣は半月に渡るフィリピン出張から帰国した。フィリピンにはすめらぎ製薬の海外事業部があり、その人事施策から設備の管理、資金運用まで、包括的な視察だった。

感染症研究施設では、現在開発中のワクチンが治験の最終段階をパスした。この新ワクチンが商業生産へと至るには、まだ研究誌への論文の掲載《アクセプト》、臨床開発が必要である。

夏休み期間とあって明臣が滞在の拠点にしたマニラ首都圏の新都心マカティも、観光客であふれていた。カジノやビーチへ繰り出す人々を尻目に、明臣は仕事に邁進した。

その甲斐あって、ようやく明日から十日間の夏休みだ。

そうは言っても海外出張のあいだに溜まった仕事がある。連休明けの負担を軽くすべく、自宅でできるものは消化しておきたい。どうしても外せないパーティーが幾つかあって、完全にフリーなのは三日間のみだった。

子供たちは伊藤の家で過ごしていたが、遠出はしなかったらしい。つまりチャンスだ。

（子供たちに夏休みの最高の思い出を作ってやる。英汰の奴、後から知って悔しがるがいい）

八月の前半はずっと海外で過ごしていたため、行き先は国内、北海道に決めた。そして夏といえばなんといってもキャンプだろう。明臣は年甲斐もなくウキウキした。

（よし、そうと決まれば……）

スマホでアウトドア用品のサイトを眺める。テントひとつとっても膨大な種類だ。その他にも寝袋やら、ランタンやら、素人の手に負えそうになかった。

（こういう時は杉田さんにお願いしよう）

外商の杉田に、キャンプ道具一式揃えてくれるよう頼むと、キャンプ場の手配はどうするか訊かれた。日程と北海道のキャンプ場を希望すると、幾つかの候補地をピックアップしてくれた。相変わらず仕事が早い。

夏休みだけあってキャンプ場は混み合っていたが、無事予約もできた。

夕食後、明臣は子供たちに向かって厳かに告げた。

「凛ちゃん、宗君、週末は北海道でキャンプをしよう。テントに泊まるんだ」

「テントにとまるの？　わーい！」

無邪気に喜ぶ宗佑の横で、凛は戸惑った顔をした。

「大丈夫なのパパ、キャンプでテント泊なんて。外で寝るんだよ？」

キャンプが初めての宗佑ではなく、明臣を気遣ってくれる。なんて優しい娘だろう。

「心配無用だよ。こう見えてパパは大学時代友人に誘われてキャンプをした事があるんだ」

「でもパパ、アウトドアはど素人よね？」

胸を張って答えたのに、凛は余計に不安そうな顔をした。いつもは別荘やホテルで過ごすばかりだから、初めてのアウトドアに緊張しているのだろう。父親として腕の見せ所だ。

週末、羽田空港から飛行機で北海道函館空港へ向かう。空港からキャンプ場まではタクシーで移動する予定だ。

到着口に着いて出口を探していると、宗佑が「おとうさん！」と飛び上がった。明臣は己の目を疑った。

「……は？」

　空港ロビーにいた芸能人ばりの色男が、手を振ってこちらへ近づいてくる。何故、英汰がここにいるのだ。今回彼には予定を伝えずに来た。咄嗟に娘を振り返ると、笑顔を向けられた。

「せっかくのキャンプだし、お父さんの事仲間はずれにしたら可哀想かなって。あとパパだけだとちょっと心配だし」

「家族思いで、凛ちゃんは優しいね。ところでパパだけだと心配ってどういう意味？」

「別に深い意味はないの」

　うふふ、と娘と微笑み合う。初キャンプの手柄や、父親の威厳――せっかく抜け駆けしてやろうと思っていた目論見《もくろみ》があっけなく崩れた瞬間だった。駆け寄った宗佑を肩車する英汰へ、恨みがましい視線を向ける。

「車は手配済みだ。行くぞ」

　肩車に満足した宗佑を床に下ろすと、英汰は明臣が手にしていたバッグをさっと奪った。

「おい、ちょっと……！」

　手ぶらになった明臣の手を、宗佑が掴んでくる。凛が小走りに英汰のもとへ駆け寄った。娘の髪を優しく撫でる横顔に、不承不承文句を飲み込むしかない。

冷房の効いた空港から外へ出ると、むわっとした空気に包まれた。想像したより暑い。しかし雲ひとつない抜けるような青空、絶好のキャンプ日和だ。

「……涼しくない」

「一応東京よりは五度涼しいぞ」

見れば温度計には三十・五度と書いてある。夏の北海道に期待しすぎた。それでも朝晩はぐっと涼しくなるらしい。言われてみれば、日陰に入るとひんやりした。

英汰について駐車場に行くと傷ひとつないＳＵＶのボディが陽光をキラリと反射させる。しかもトランクには、杉田が手配したらしきキャンプ道具一式が詰められていた。

驚く明臣に凛が「お祖父ちゃんに頼んだの」と種明かしをしてくれる。杉田はもともと明臣の父に仕えていた。皇家当主からの依頼なら、杉田も断れなかっただろう。

「車まで買ったのか？　今回のキャンプのために？」

「欲しかったんだよ、ランクルＺＸ」

オプションを合わせたら一千万円近くする筈だ。馬鹿だな、と思うが気持ちはわからないでもない。アウトドアにはこういう車がよく似合う。

小柄な宗佑は乗り込むのに助けが必要だったが、凛は喜んで乗り込んだ。普段乗る車はセダンタイプが多いから、珍しいのだろう。

かくいう明臣も、ほんのちょっとだけテンションが上がった。当然のように助手席に乗ってからハッとする。

「おまえが運転するのか!?」

「当然。そのために買った車だぞ」

よほど青ざめた顔をしていたのか、英汰がフォローを入れてきた。

「心配するな、アメリカにいた頃は自分で運転していたし、今だってたまにドライブしている」

英汰が運転すると聞いてモヤモヤする。以前ふたりで出かけた時は運転手の車だった。

「ドライブするって、どこに行くんだよ」

「首都高乗って川崎工場地帯とか……」

この男が夜の首都高をドライブするなんて嫌味でしかない。明臣は窓の外を睨みつけた。

「ハッ、誰とだよ？」

「残念ながらひとりでだよ。……今度、乗せてやろうか？」

二つ返事で頷きかけて、子供たちが後部座席から身を乗り出すようにこちらを見ている事に気がついた。こほん、と軽く咳払いをする。

「えーと、皆で行こうか。うん」

凛がニヤッと笑って言った。

「いいのよ、パパ。お父さんとふたりっきりでドライブデートしたら？」

「そうくんもドライブいきたい！」

「もう、邪魔しちゃダメよ宗君。馬に蹴られちゃう」

「えっ、おうまさん？　のりたい！」

馬と聞いてはしゃぎだす宗佑に、凛がケタケタ笑いだす。ぼそっと明臣は呟いた。

「じゃ、邪魔なんかじゃないよ……」

運転に集中しているのか、英汰は無言だ。妙な空気が気まずくて隣を見られない。ひたすら窓から景色を眺めていると、茹でたてとうもろこしの看板が見えた。野菜の直売所だ。

「とうもろこし茹でたてだって。皆、お腹空いてない？」

「とうもろこし、たべる！」

宗佑が思いのほか食いついてくれた。道路沿いの空き地にぽつんと立っている直売所は、台風でも来たら一発で吹き飛びそうな掘建て小屋だ。英汰が車を停めた瞬間、凛と宗佑はすぐに車を飛び降りた。

明臣も車を降りて売り場を覗くと、とうもろこし以外の野菜や、メロンやスイカなどの果物も売っていた。

「パパ見て！　生のプルーンだって、食べてみたい」

「凛ちゃんプルーン食べた事なかった？　じゃあ茹でトウモロコシ四本とプルーンくださ
い」

いかにも農家らしい素朴なおばあさんが「甘くて美味しいよ」と凛にプルーンを渡してくれた。直売所だけあって、びっくりするほど値段が安い。千円出せばお釣りがくる。

「とうもろこし、熱いから気をつけてねえ」

宗佑が飛び跳ねて喜んでいると、おばあさんは飴《あめ》をふたつくれた。お姉ちゃんと一緒に食べなさい、という事だろう。お礼を言って、直売所を後にする。

宗佑がさっそく茹でとうもろこしを食べたいと言ったが、もうすぐキャンプ場に着くので我慢させる事にした。

「とうもろこし、たべたい〜」

「駄目だってば。宗くん絶対ポロポロこぼすもん」

意外にも凛が止めると、宗佑は渋々ながら頷いた。凛ちゃんはお姉さんだなあ、宗くんもお姉ちゃんの言う事を素直に聞いて偉いなあと明臣はじんわり感動する。

コンビニや民家が立ち並ぶすぐ側に防波堤があって、そこからキラキラ輝く海面が見えた。函館市は港町だったと思い出す。

「お父さん、冷房効きすぎて寒い」

凛に言われて英汰が窓を開ける。外の生ぬるい空気が車内に入ってきた。運転をする英汰の前髪が風に吹かれ軽やかになびく。完全にＣＭの世界だ。

「俺もこの車買おうかな」

「えっ、これと同じ車を!? なんでだよ、俺から借りればいいだろ」

「いや借りるって……家族でもないのに」

別れた夫とはいえ、書類上は赤の他人だ。英汰が眉間に皺を寄せる。しばし躊躇《ためら》ったあと、英汰が口を開きかけた。

「その、けっこ……」

「パパ、おとうさんみて！ うしさんがいる！」

宗佑の声に遮られ、続くことばはかき消された。窓の外に目をやると、牛の群れが呑気に草を食んでいるのが見えた。牧場なのか、車内に糞《ふん》の臭《にお》いがたちこめる。

凛と宗佑が臭《くさ》い臭いと笑いだすので、明臣もつられて笑ってしまった。しばらく道なりに進むと、臭いは消える。笑い止んでから、そういえば英汰が何か言いかけていた事を思い出す。

聞き返そうと思ったが、英汰は子供たちとお喋りに興じていて、今さらむし返す事もなさそうだった。

（けっこ……結構とでも言いたかったのか？）

やがて疎《まば》らに建っていた民家が完全に途切れ、鬱蒼《うっそう》とした森に出た。ナビが間違っているのでないかと不安になる頃、キャンプ場の看板が見える。とうもろこしが温かいうちに到着できそうだ。

看板に従って進むと、ログハウスが見えてくる。キャンプ場の受付らしい。まだ新築なのか建物は綺麗だ。中に入って予約をしている旨を伝えると、番号札と電源ケーブル、ファイルされたキャンプ場のマニュアルを渡された。

「キャンプ場内は徐行運転でお願いします。この番号札をお車のフロントに置いてください。夜十時以降は駐車場が封鎖されますので、外出される際はお時間にご注意ください」

「わかりました」

キャンプ場にはシャワールームとランドリールームが一箇所、トイレと洗面所が合計四箇所設置されている。洗い場と遊具が設置された広場があり、パークゴルフもできるらしい。

車に戻り、割り振られたサイトを探す。夏休みらしく、フリーサイトのエリアはテントでひしめき合っていた。明臣たちのような初心者は車で乗り付けられるカーサイトで正解だった。電源も確保できるし、水場もついて至れりつくせりだ。改めて杉田に感謝である。

「あ、みて。おうちもある！」

宗佑の指差す先に、丸太のログハウスが見える。明臣は頷いた。

「今回はテント泊だけど、次はコテージに泊まろうか」

自分たちのカーサイトを見つけ、駐車スペースに車を停めた。凛と宗佑をアウトドアチェアに座らせて、さっき買ったとうもろこしと生プルーンを食べさせる。

スマホで動画を確認しつつ英汰と一緒にテントを設置したが、それだけで汗だくになった。明臣ひとりでも設置できた、と言いたいところだが、自分以外の男手があって助かった。

「う～、シャワー浴びたい。でもまたすぐ汗かきそうだな」

汗のせいで、肌に張り付くTシャツが不快だ。上半身裸になって頭から水を被りたい。そんな気持ちを見透かしたように、英汰が鋭く言った。

「待て！　暑いからってここで脱ぐなよ」

言い合いしていると余計に汗をかきそうだ。黙ってテントの中へ入り、汗拭きシートで身体を拭く。明臣は一分程度で断念した。

「やばい、テントの中が蒸し風呂みたいなんだけど。入り口の幕を開けて、メッシュに……」

「してやるから服を着ろ」

「意味ないだろ、それじゃ！」

せっかくのアウトドアなのに開放的じゃない。だからこの男を連れて来たくなかったのだ。さっきは助かったと思ったのに、もう掌を返す。

「ねえ、公園で遊んで来てもいい？」

受付近くに遊具の置いてある広場があった事を思い出す。ブランコやターザンロープ滑り台が設置されており、すぐ近くには小川も流れていた。

「いいけど、川には下りないようにね」

「わかってる！　行ってきます！」

「いってきまーす」

ふたりで手を繋いで走って行く。ここからでも広場の様子は窺えて、十人ほどの子供たちが遊んでいるのが見えた。盛況だ。

残された英汰とバーベキューコンロの準備をする。カセットコンロでは味気ないと、炭を使うタイプにしたが、火を起こすのにコツがいるようだ。

「おい、もっと空気の層を作らないと」

「言われなくてもわかっている」

ふたりで言い合いながら、炭と着火剤をセットし、炭に火がつくまで二十分ほど様子を見る。火元を覗くため屈んでいた身体をうんと伸ばした。

葉ずれの音や、鳥の鳴き声、広場で遊ぶ子供たちの声が遠くに聞こえる。つい今朝まで都会にいたのが嘘のようだ。

「なあ――」

来て良かったな、と言いかけた言葉が吹っ飛んだ。英汰が近い。ちょっとでも動けば鼻の先がくっつきそうだった。

何、とじっと瞳を見つめたまま囁かれる。腰を抱かれ、反射のように目を伏せていた。キスされると思った瞬間、背後から明るい声が響いた。

「パパ！　おとうさん！　おなかすいた～」

咄嗟に英汰の胸を押し退ける。こちらに駆け寄る宗佑の後を、凛が困った顔で追いかけて来た。邪魔してごめんね、とでも言うように両手で拝んでみせる。

「そろそろ準備ができるから、バーベキューをしようか」

何事もなかった様子で英汰が宗佑を抱き上げる。明臣は車のトランクから、食材の入ったクーラーボックスを運んだ。頬が熱いのは太陽のせいだろう。

牛肉、茄子《なす》、パプリカの串、鶏肉とネギの串、海鮮などの食材をコンロの上に並べる。

「熱いけど美味しい！」

猫舌の凛が涙目になりながら絶賛する。外で食べるのが新鮮なのか、普段食が細い宗佑までよく食べた。途中、広場で知り合った子供たちが数人やってきたので、マシュマロを焼いて渡してやる。

ムール貝を焼きながら、英汰がワインを開けようとしたので止めた。これからまだ、車を運転する必要があるのだ。

「ここの近くに温泉があって貸切風呂を予約した。杉田さんが」

キャンプ場にシャワー設備もあるが少々狭い。温泉に入るのが楽しみだ。

「おんせんいくの!?　やったー！」

喜ぶ凛と宗佑を尻目に、英汰は「えっ」と固まった。キャンプ、そして温泉という完璧すぎるプランにさぞや感動しているに違いない。

「せいぜい杉田さんに感謝しろよ」

「くそ、おまえな……」

何故か英汰は悔しそうだ。手柄を横取りされたとでも思っているのだろう。

「なんだ、杉田さんに嫉妬でもしているのか？　まったく、こころの狭い男だな」

明臣のことばに、英汰は不貞腐れた様子で呟いた。

「悪かったな。俺のこころはリスの額より狭いんだよ」

「なんでリス？　猫の額じゃないのか……」

英汰の視線の先を見ると、近くの木の幹にリスがよじ登っているのが見えた。普段見慣れたシマリスより耳が長く、尻尾が大きい。つぶらな瞳で白い腹毛がモフモフだった。

「あれはエゾリスか？　可愛いな」

思わず漏らすと、凛と宗佑もエゾリスに気がついた。

「うわ、めっちゃ可愛い！　リス飼いたい～」

「かわいいねえ！　かおうよ～」

盛り上がる子供たちを見て、英汰が困った顔をした。

「確かに可愛いが、リスは飼育が難しいんだ。冬眠を失敗したら死んでしまうし……」

「リスさん、しんだらだめ～」

宗佑が悲しい顔をする。凛が弟の頭を撫でながら言った。

「森の中にいたら大丈夫だって。ねえパパ、ナッツとかない？　リスにあげたいな」

「そうくんもあげたい！」

抜かりなく用意されていた酒のつまみセットに、無塩ナッツがあったので凛と宗佑にすこしずつ渡す。ふたりはリスのいる木のもとへ駆けて行った。

「あ。もう一匹いた！」

凛の叫び声に、宗佑がどこどこと必死に探し出す。騒ぎを聞きつけて、よその子供たちもいつのまにか集まってきた。リスは逃げてしまいナッツを手渡しする事はできなかったが、友達ができて凛も宗佑も嬉しそうだ。遊具のある広場に皆で移動する。

子供たちに気を配りつつ、手早く食事の後片付けをする。食べ残しやゴミを放置すると、カラスが寄ってくるとキャンプ場の注意書きに書いてあった。

コンロの炭を片付ける頃には、陽はずいぶん傾いていた。広場で遊ぶ子供たちも、自分たちのテントへ戻って行く。

「凛ちゃん宗くん、そろそろ温泉へ行くよ」

車から広場で遊ぶふたりに声をかけると、すっかり顔見知りになった子供たちに声をかけてから戻って来た。

カーナビにホテルの電話番号を入力し、案内に従って車を発進させる。キャンプ場から温泉のあるホテルまでは一時間弱の道のりだった。杉田がこのキャンプ場をピックアップしたのは、このロケーションも考慮したからなのだろう。

ホテルのフロントで手続きをして、貸切温泉へと案内される。鍵を貰って部屋を開けると、大きなテレビとマッサージチェア、応接セットが設置されていて、ホテルの一室のようだった。奥の広い洗面所の先が浴室になっている。

「あ、凄い！　お風呂広～い」

浴室を確認すると、大浴場と変わらない広さの浴槽に、大量のゆずがぷかぷか浮かんでいる。

「へえ、本当だ凄いな」

宗佑と英汰にも見せてやろうと振り向いて、明臣はうっと息を詰めた。ちょうど英汰がTシャツを脱ぎ捨てるところで、逞しい肩と背中の筋肉が盛り上がり、肩甲骨が大きく動いているのが見える。中年太りとは縁遠い、見事に引き締まった肉体だった。

「パパ、涎出てるよ」

思わず口元を拭ったが、涎は垂らしていなかった。娘を見ると、いい笑顔を返される。

「冗談だってば。ねえ、私たちも入ろうよ。頭も身体もベタベタするの」

「……変な冗談はやめてね、凛ちゃん」

宗佑と英汰に倣い、服を脱ごうとTシャツに手をかける。ふと顔を上げた瞬間、英汰と目が合った。ジムに通っているし、不摂生もしていない。それなのに見られて動揺してしまった。

「な、何見てるんだよ」

「なんでもない。先に行ってるぞ」

パパッと残りの服を脱ぎ、宗佑を伴って英汰が浴室へ入ってゆく。七年ぶりに元配偶者の全裸を見たからなんだと言うのか。そもそも同性だし、取り立てて騒ぎ立てる事もない。

「パパ、余韻に浸ってないで行こうよ」

「だから違うってば！」

年頃の娘のほうが堂々としている。

(変に隠すほうがいやらしいか？　でも……ああ、くそっ)

さりげなく股間をタオルで隠しつつ、明臣は意を決して風呂場へ向かった。既に洗い場にいる英汰は、宗佑の汗を軽く流してやっている。

凛と宗佑を挟んだ椅子にそそくさと座り、明臣はまずは汗を流す事に専念した。宗佑に付き添い、英汰が湯船に浸かる。湯船は洗い場より数段高いところにあり、階段を登る必要があった。無防備な尻やら背中やらに素早く視線を走らせて、明臣は髪を洗う振りで頭を抱えた。

（発情期でもないのに、どうして俺はムラついてるんだ？　欲求不満なのか？）

こころの中でフィボナッチ数列を数えながら、ひたすら髪を泡立てる。

（0、1、1、2、3、5、8、13……）

丁寧に身体も洗い、歯を磨いていると、英汰と宗佑はいつのまにか入浴を終わらせていた。宗佑がのぼせやすい体質なので、英汰が気を利かせたのだろう。凛とふたりでゆったり柚子湯に浸かる。

「354224848179261915075っと」

「何それ、フィボナッチ数列とか？　お父さん、一回もパパのほう見なかったね」

「そうフィボナッチ数列の百番！　凛ちゃん凄い、さすがパパの娘！」

「凄くないよ、適当に言っただけだもん」

我が子の才に感激しつつ、ふと気になって明臣は言った。

「なんであいつ、こっちを見なかったんだ？」

首を傾げる父親に、娘は呆れた様子を隠さない。

「そりゃパパの裸が目の毒だからでしょう」

「えっ、目の毒？　自分で言うのもなんだけど腹も出てないし結構いい身体だと思うんだけど、どのへんがダメ!?」

焦る父親にじとっとした目線を向け、凛は濡れた髪をかきあげた。

「娘《わたし》の口からはちょっとね……」

愕然とする明臣を残し、凛がさっさと湯船から出る。風呂場に置き去りにされかけて、明臣は慌てて娘の後を追った。

凛と一緒に脱衣所へ戻ると、英汰と宗佑の姿が見えない。スマホを見ると、ロビーで待っているとLINEにメッセージが入っていた。

「何をウロチョロしてるんだ、あいつは」

繊細な娘の髪を優しくドライヤーで乾かしながら、明臣は憤慨《ふんがい》する。そして、鏡の中の自分をこっそりチェックした。

(確かに若い頃に比べたら肌は劣化したかもしれない。だが、まだまだしっとりすべすべだし、ジムで鍛えて新婚当時より身体は絞ってる。このパーフェクトボディの何が不満なんだ!)

自分の髪もラフに乾かして、明臣はセットアップのパーカーとハーフパンツに着替えた。用意を終えた凛を連れてロビーへ向かう。チェックインで混み合うフロントの横で、英汰は何故か小脇にスイカを抱えていた。

「どうしたんだよ、そのスイカ。いったい何をやっているんだ、おまえは」

「何やってるのはこっちのセリフだ!」

呆れる明臣を見て、英汰が目元を鋭くする。有無を言わさずフードを頭から被せられた挙句、ぐいぐいと背中を押されて明臣は切れた。

「止めろ！　押すなこの馬鹿！」

「馬鹿って言うほうが馬鹿なんだ。湯上りになんて格好してるんだよ！　足を出すな！」

ホテルの外へ出るなり、エントランスに横付けされていた車に押し込まれる。ムッとしつつも英汰は静かに車を発進させた。

（足を出すなだと？　湯冷めするのを心配しているのか？）

確かに昼間の暑さが嘘のように外は涼しい。テントに戻ったら着替えたほうがいいだろう。

車内の冷房を切り、英汰はすこしだけ窓を開けた。柔らかい夜の風が流れ込む。温泉街を抜けると、街灯が極端に少なくなる。キャンプ場に近づくにつれ森が深くなり、かなり不気味だ。都会の喧騒が懐かしくなる。ふと隣から手が伸びてきて髪を撫でられた。咄嗟の事でされるがままになっていると、英汰が前を見たまま言った。

「髪、まだすこし濡れてるな。寒くないか」

「……寒くはない」

なんなら耳がポカポカして暑いくらいである。

温泉からキャンプ場に戻る車中で、凛と宗佑はすっかり寝入ってしまった。今日は朝から移動したし、昼間は外で駆け回っていたので疲れたのだろう。

車を停めて、テントまでふたりを運ぶ。昼間のサウナ状態が嘘のように、テントの中は快適だった。マットの上に子供たちを寝かせて寝袋のファスナーを全開にして毛布のように被せてやる。英汰は額の汗を拭いながらテントの外へ出た。

クーラーボックスからビールを二缶取り、明臣もその後に続く。アウトドアチェアに座り、英汰は夜空を眺めていた。

つられて頭上を仰ぎ、明臣は思わず息を呑んだ。深い藍色の夜空に、無数の星たちが瞬いている。近隣サイトのキャンパーたちも、揃って夜空を眺めているのが見えた。

ビールを英汰に渡すと、嬉しそうに受け取り空を指差した。

「今夜はペルセウス座流星群の活動がピークを迎えるらしい」

「ああ、だから皆空を見ているのか」

そう言った途端、あちこちで歓声が上がった。明臣は見逃したが、星が流れたようだ。

「どうしよう、凛ちゃんと宗くんを起こしたほうがいいかな」

「あれだけぐっすり眠ってたら起きないだろ」

「そうだな。見せてあげたかったけど」

子供たちが明日起きたら、パパたちだけずるいと文句を言われそうだ。しかし凛も宗佑も一度寝てしまったら、滅多な事では目を覚まさない。

次の流れ星を待つが、なかなか現れない。三百六十度の星空は見応えがあるが、ずっと見上げていると首が疲れるし目が回りそうだ。

「ペルセウス流星群って、もっと降るみたいに星が落ちるのかと思ってた」

そんな事を言った瞬間、夜空を流星が過った。数秒後にまたひとつ。華やかな歓声を遠くに聞きながら、明臣は地上へ視線を戻した。焚《た》き火《び》台の上で薪《まき》がパチリと爆《は》ぜる。

「そういえば流星群をちゃんと見るのは初めてだ。物心つく前に見たかもしれないが」

明臣のことばに、英汰は意外そうな顔をした。

「流星群が初めて？　でかい天体望遠鏡とか、持ってそうなのにな」

「持ってて悪かったな。流星群を見た記憶はないが、オーロラならカナダで見たぞ」

「オーロラか、いいな。俺がフィンランドへ行った時は、雲が多くてダメだった」

今度見に行くかと、流れるように誘いかけて、寸前で思いとどまった。危ない。満点の星空、遠くに幾つも滲むランプの明かり。良くないシチュエーションだ。

離婚した元夫を旅行に誘ってどうする。今回のキャンプだってどうかと思うのに。

（そもそもこいつは、どういうつもりでついて来たんだか……）

子供を通じて一緒に行動をする事が多いが、今まで復縁を迫られた事は一度もない。

「これだけ流れ星を見るとありがたみがなくなるな」

英汰の呟きに、明臣はすこし笑った。彼のような男でも、流れ星をありがたがるのか。

　そっと隣へ目を向けると、真剣に夜空を見つめる端整な横顔があった。星に願わずとも、彼が望んで叶わない事などない筈だ。夜の闇に紛れるように、明臣は囁いた。

「宇宙というか、星は好きじゃなかったんだ。子供の頃の話だけど」

「深海とか宇宙とか好きそうなのに、意外だ」

「そう言うおまえが好きなんだろ」

　まあな、と英汰が低く笑う声を聞きながら、明臣は夜空に指を伸ばした。

「小学生に上がる前は天体が好きで、よく図鑑を眺めていたんだ。でも小二の頃かな、太陽の寿命を知って……」

「五十億年後に白色矮星《はくしょくわいせい》になるんだったか」

「そう、水素を使い切った太陽は膨張してまず赤色巨星《せきしょくきょせい》になり、その後残ったコアが白色矮星になる。地球は太陽が膨張する時、巻き込まれて燃え尽きる」

「五十億年後なんて人類が存続しているかどうかすら怪しい」

「そうだよな。でも子供の時は、地球の終わりが怖くて仕方がなかった」

　ぎし、と音がして英汰が立ち上がる気配がした。またひとつ星が落ちるのを成すすべなく見守る。英汰の声が近づいた。

「地球が終わる時、おまえはその場にいないだろ」

「まだ子供で、死の概念さえよくわかっていなかったのにな。太陽どころか、宇宙にも終わりがあると知って怖くなったんだ。不変のものなど、この世のどこにもないんだって……」

ぽろぽろ流れる星を見て、咄嗟に願いを唱えようとする。英汰と、と願いかけ明臣はぎょっとした。

（今俺は何を願おうとしたんだ!?）

混乱して願い事がまとまらないまま、落ちる星を追いかけた。ふと影に視界を覆われて、流れる光を見失う。明臣は瞬いた。唇に濡れた感触と、微かにビールの味がする。

（あ――）

気がつけば、英汰の腕の中だった。上ばかり見ていてふらついたところを、抱き留められたらしい。視線が絡んで、身動きができない。

「不変のものなら、あるさ」

どこに？　と訊ねようとして、ふたたび唇が近づいてきた。さっきは不意打ちのキスだった。

流されるわけにはいかない。二度目は許さず、明臣は咄嗟に身を捩った。

「明臣……」

甘い声で名を呼ばれ、頭の奥がジンと痺れた。この声に応え、己のすべてを捧げたい。

そう思いながら、明臣は両手に力をこめドンと相手を押しのけた。

「さ、さっきはちょっと雰囲気に流されただけだ。調子に乗るなバカ！」

周囲を憚《はばか》り声は低めた。飛び込むようにしてテントへ戻る。よく考えなくても、寝る時は英汰もテントへ戻るのだから、逃げたところで意味がなかった。

心臓がドキドキして指が震える。明臣は慌てて自分の寝袋へ潜り込んだ。どうせ英汰はなんとなくキスできそうだったからしただけだ。深い意味なんかないし、相手は誰でも良かったのだろう。性悪のたらしめ、と明臣は唇を噛んだ。

（俺はそんなにチョロくないぞ！）

全身を守るようにぎゅっと丸まり、明臣は目を閉じる。しばらく待ったが英汰はなかなかテントに戻ってこなかった。警戒し、起きていようと思っていたのに、気がつけば明臣は眠っていた。疲れていたのか、夢は見なかった。


テントで迎える朝は意外と眩しい。腕時計を確認すると、まだ六時前だった。テントの外から子供たちの声が聞こえる。見れば英汰の寝袋も空だった。

「パパおはよう！」

起きてきた明臣に気がついて、宗佑がすぐにやって来る。英汰がバーベキューグリルでソーセージとパンを焼いていた。はい、と凛から湯気の立ったカップを渡される。お湯で溶かしたインスタントのコーンスープでさえ、キャンプ場で食べるとご馳走《ちそう》だ。

朝食後はすぐにテントを撤収した。飛行機の時間があり、そうのんびりしていられない。

空港へ向かう途中で、凛と宗佑のリクエストでご当地バーガーを食べた。搭乗時刻まで余裕があったので、手続きだけ済ませて空港内の土産物屋で時間を潰す。

気がつけば時間ギリギリで、慌てて飛行機に乗り込む。宗佑の希望で隣の席に座った。凛と英汰の席はすこし離れている。離陸したと思ったら、気がつけば宗佑ともども爆睡していた。

北海道から羽田空港まで、体感十分での到着だ。

「皇《うち》で飯食って行くか？」

到着ロビーで英汰を誘ったのは気まぐれだ。子供たちは今、皇の家で過ごしている。ひとりで自宅へ戻る英汰を少々不憫に思っての事だった。

「いや、これから社に顔を出さないと」

「は？　これからって……」

空港の時計は七時半を指していた。羽田から会社へ向かうには遅い時間である。

「ちなみに明日も出勤だ」

「バカじゃないのか」

つい本心を告げると、英汰は苦笑した。

「わかってる。ちょっと仕事を片付けたいんだ」

「どうしてそんな無理を……。日程を調整して、次の機会にすれば良かっただろ」

憮然とした顔で英汰は遮った。

「だって……おまえたちが、杉田さんと行くって言うから」

予想外のことばに明臣は目を瞬いた。

「誰が言ったんだよ、そんな事。杉田さんが来る予定なんかなかったぞ？」

「誰って凛が……」

数秒、顔を見合わせたあと、英汰は髪をかきまわした。気まずそうに別れの挨拶を告げる。

「じゃ、そういう事で」

どういう事だよ、と思いつつ、明臣は「ああ」と手を振った。

元凶へ目を向ければ、宗佑と一緒にお土産ショップを物色《ぶっしょく》しているところだった。声をかける前に、向こうからやって来る。

「あれ？　お父さんもう行っちゃったの？」

「うん、行っちゃった。じゃなくて、凛ちゃんあいつに何を吹き込んだの？　杉田さんとキャンプに行くってどういう事？」

腕を組んで追及すると、凛はぺろりと舌を出した。

「杉田さんと行くとは言ってないんだけど。お父さんったら勘違いしちゃったみたい」

娘が小悪魔可愛い。などと言っている場合ではなかった。困惑する明臣に凛が追撃する。

「お父さんね～、今回のためにめちゃくちゃ頑張ってくれたみたい」

「だから、なんでそこまで……」

英汰は完璧主義者だ。仕事もプライベートもスケジュール管理はしっかりしているし、今回のような強行スケジュールは徹底的に避ける。自分が体調を崩せば、周囲にどれだけ影響を及ぼすか理解しているからだ。

「お父さんにとって、仕事と同じかそれ以上にパパの事が大事だからじゃないの。お父さん以外の人とキャンプに行って欲しくなくて、無理しちゃうくらいに」

自分たちは離婚して、子供の事だけでかろうじて繋がっているような関係だ。明臣は自分にそう言い聞かせていたし、向こうだってそうなのだろうと思っていた。

「え、あいつが本当にそう言ったの？　凛ちゃんに何か言ってた？」

「さあ、気になるなら本人に聞けばいいじゃない」

迎えの車に乗り込むと、空港では元気だった子供たちもうつらうつらしている。運転手が邪魔にならない声で訊ねてきた。

「坊ちゃんたちはお疲れのようですね。北海道は如何《いかが》でしたか？」

「思ったより暑かったけど、湿気が少ないし日が落ちたら涼しくてよかったよ」

「いいご旅行だったようですね」

明臣が今の凛くらいの年頃から付き合いのある運転手だ。素直に「うん」と頷いた。

子供たちの笑う顔、満天の星空と流星群、英汰と一瞬だけ触れるキスをした。アクシデントだって、旅行には付きものだ。

「いい旅行だった」

スマホを取り出し、無意識のうちに英汰の連絡先をタップする。だが今さら、どんなことばを送ればいいのか。

(仕事を頑張れ？　身体を大事に？　……ダメだ、柄じゃなさすぎる)

溜息をつき明臣はスマホをしまった。


旅行から数日後、子供たちが伊藤家へ行くのを涙に咽《むせ》びつつ見送った。

午後から出勤しリモート会議に備え資料をチェックしていると、スマホに宗佑から着信があった。

小学校一年生ながら宗佑は、明臣が仕事中なのは理解している。こうして日中連絡してくる事は稀だった。つまり緊急事態である可能性が高い。明臣は急いでスマホをタップした。

「どうしたの宗くん？　凛ちゃんに何かあった？　伊藤のお祖父様やお祖母様はそこにいる？」

「あのねえ、おとうさんがおかぜひいたの～」

元気な宗佑の声にまずはホッとしつつ、息子の意外なことばに目を見開いた。

「は？　英汰が風邪《かぜ》？」

「あ、ちょっとまってね～！」

がさごそ音がして、娘の利発そうな声が聞こえてきた。

「ごめんねパパ、忙しいのに連絡して」

「大丈夫だよ。それより英汰の奴、アルファのくせに風邪ひいたって？」

アルファは遺伝的に優れた種だけあって、ベータやオメガに比べて免疫力が飛び抜けて高い。体調を崩す事は滅多にないのだが、いざ不調になった場合重症である事が多かった。

「あいつが具合悪いなら皇《うち》に来るか？」

「うん、そうしようかな。で、問題はお父さんなんだけど」

「あいつなら伊藤の主治医やお手伝いさんが面倒みてくれるから大丈夫だろ」

英汰が風邪と聞いて驚いたが、大きな病気じゃないなら平気だろう。

「それがね、お父さん家から出て行っちゃった」

「家を出たって、入院でもしたのか？」

る。

「違うの、お父さん社宅に行っちゃったんだよ」

「社宅って……何考えてるんだあのバカは」

具合が悪いくせに、何故自分の家で大人しくしていないのか。凛の心配する声が聞こえる。

「私たちや、おじいちゃんたちに移したら困るからって……」

確かに英太の両親は高齢だ。ただの風邪でも拗《こじ》らせたりすれば命に関わる事もある。

「伊藤の屋敷は広いし、そこまで心配しなくてもよさそうだけどな——っと、ちょっとごめん」

ノックの音がしたので明臣は扉を開けた。部下から資料を受け取り、そのまま下がらせる。気遣わしげに凛が続けた。

「一応お医者様には診せたそうだけど、お父さん今ひとりなの。それが心配で……」

「わかったよ凛ちゃん。せっかくだし弱ったあいつの面、見物に行ってくる」

「ありがとう、パパ！　おじいちゃんにお願いして、住所のマップ送るから」

弾んだ声の娘に、明臣は言い訳したくなった。

「別にあいつが心配だから行くんじゃないからね。俺は凛ちゃんと宗くんのために……」

「そうそう私と宗くんがお願いしたからパパは行くの。お父さんの事、よろしくね！」

宗佑に代わる前に、凛はあっさり通話を終えた。英太に連絡を入れるか迷ったが、明臣はさきほど渡された資料を開いた。まずは仕事を終わらせる事が先決だ。

現在すめらぎ製薬で開発中の新薬についてのデータだ。現在までの開発費や、臨床試験の結果、申請の予定時期が記されている。

特に有力なものは二種の薬で、ひとつは大腸癌を筆頭に胃癌や膵臓癌を対象とした抗悪性腫瘍剤、もうひとつは関節リウマチに効果のあるＪＡＫ阻害剤である。

今のところ試験の結果は順調で、どちらの薬も治療試験を第一相、第二相とクリアし、第三相までこぎつけた。この治験の結果次第で認可が下りるかどうか決定する。

新薬開発は基礎研究から始まり、承認に至るまで最低でも十年の月日がかかる。近年その期間は長期化する傾向にあった。

開発した新薬も、治験にパスしなければ申請が降りない。莫大な開発費も回収できず、すべてが徒労に終わる可能性もあるのだ。

巨大製薬会社《メガファーマ》はそのリスクを避けるため、自社で開発をするより既に成功している会社を吸収合併する。

（でもそれだけじゃ、生き残り続ける事はできない。この国の医療医薬は廃《すた》れる一方だ）

リモートでの定例会議は特に問題なく終了した。明日に回せる書類は明日に回し、定時で会社を出る。

迎えに来た運転手に自宅ではなく、これから向かう住所を告げた。凛が事情を話したのか躊躇う事なく車が発進する。

途中、何度か会社から連絡が入ったが、幸いにも急ぎの用件はなかった。

「お迎えは如何しますか」

「一時間後……いや、何時になるかわからないから今日は帰っていい」

頼んでいた荷物を受け取って、車から降りる。そこは明臣もよく知っている建物だった。

（社宅ね……）

伊藤の家から英汰が避難場所に選んだのは、明臣と結婚していた時住んでいたマンションだった。腕時計で時刻を確かめると、ちょうど七時になるところだ。

英汰に連絡をしようかと思ったが、寝ていることも考えて明臣はエントランスへと向かう。期待はせず、オートロックの生体認証用センサーに指を翳した。

「あ、開いた……」

とっくに明臣のデータは抹消されたものかと思っていた。防犯的に大丈夫なのか。

エレベーターに乗って同じように指を翳す。三階を押し、浮遊感に身を任せた。

誰も乗り合わせる事なく、エレベーターが停止する。この階《フロア》に部屋はひとつだけだ。明臣は鞄の中から職場から拝借してきたものを取り出し身につけた。

部屋のインターホンを押したが返答がないのでスマホを鳴らした。

『なんの用だ』

寝起きらしい掠れ声だ。息使いも苦しげで、明らかに弱っている様子が珍しい。

「風邪を引いたそうだな。情けないツラを拝みに来てやったぞ」

『他人に移したくなくて自主隔離しているんだ。帰れ』

「おまえごときの軟弱ウイルスにこの俺がやられるか。入るからな」

『は？　おい、待て――』

返事の途中で指紋を認証させてロックを外す。部屋に踏み込むと、寝室から飛び出してきた英汰が絶句した。

「明臣、おまえな……っ」

「ご覧のとおり、心配は無用だ」

英汰が面喰らうのも無理はなかった。明臣はクリーンルーム用の保護服とゴーグル、マスク、グローブ一式を身につけている。

「凛ちゃんと宗くんの頼みだから仕方なく、この俺が直々に看病してやる。とっとと寝ろ」

「……俺はバイオハザードか」

ふん、と鼻で嗤い英汰を寝室へ連行する。サイドボードには処方薬が置いてあった。

背を丸めのそのそベッドに横たわる姿は、いかにも病人然としている。グローブ越しでも額が熱かったので、持参した体温計で熱を測る。

「三十八度一分か、まあまあ高いな」

荷物の中から冷却ジェルシートを取り出し額に貼ってやる。気持ちいいのか英汰は目を細めた。

「寒気や関節痛はあるか？」

「今朝までは酷かったが、今はマシになった」

ベッド横のゴミ箱を見ると、ゼリー飲料のパウチが捨ててあった。予想通り、まともな食事は摂っていない様子だ。

「もう食事は済ませたのか？」

「昼に、薬を飲むのにゼリーを食った」

待ってろ、と言い置いて、キッチンへ向かう。保護服とゴーグル、グローブを外し、マスクだけは残した。ジャケットを脱ぎネクタイを外し、ワイシャツになる。

（念のため食材も用意しておいて正解だった）

腕まくりをして収納棚を覗く。鍋も皿も以前のまま置いてあった。結婚していた当時は一度も使う事がなかった鍋を取り出す。

米を研ぎ、水を加えて鍋で炊く。底が焦げ付かないようかき混ぜつつ、かつおと昆布出汁を投入しさらに煮込む。最後にとき卵を流し入れ、卵粥《たまごがゆ》が完成した。

粥を茶碗によそい、トレイに載せて寝室まで運ぶ。扉をノックして部屋に入ると、英汰は驚いた顔で身を起こした。

「食欲はあるか？　薬を飲むなら一口でもいいから食べておけ」

こくこくと無言で何度も頷く英汰にちょっとだけ笑った。

食べる時には邪魔かと、額からシートを剥がしてやる。ベッドに腰を下ろし、トレイを自分の膝に置いた。

粥をレンゲですくい、ふうふう息を吹いて冷ましてやる。ほどよい温度になったところで、「ほら」と運んでやれば、英汰は大人しく口を開いた。ゆっくり味わうように咀嚼《そしゃく》する。

「……美味い」

「そうか。そりゃよかったな」

つい数年前まで、宗佑にこうやって食べさせてたなと懐かしくなった。そのせいなのか、こんなに図体《ずうたい》の大きな男が、妙に可愛らしく思えてしまう。

英汰がこちらを見て、雛のようにぱかっと大きく口を開いた。つい胸がキュンとなり、明臣は「あーん」とふた口目を運んでやった。ごつい喉仏が大きく動くのを見て、ようやく明臣は我に返った。

「じ、自分で食べろよ」

レンゲと茶碗を受け取ると、英汰は病人とは思えない勢いで茶碗を空にした。

「まだ食べられそうか？」

ああ、と英汰が茶碗を差し出してくる。それを受け取り、お代わりと一緒に冷蔵庫からミネラルウォーターのボトルを持って戻った。

英汰は二杯目の粥もぺろりと平らげる。ミネラルウォーターを渡し、薬を飲ませた。ふう、と一息つくと英汰は明臣へ目をやった。

「さっきの卵粥、レトルトでも作り置きでもないよな。おまえが作ったのか？」

「そうだが、美味さにおののいたか」

トレイをサイドボードに置きながら、明臣は尊大に言い放った。

「ああ、今まで食った粥の中で一番美味かった」

明臣は両目を見開いた。体調を崩しているせいか、大人しい英汰に調子が狂う。

「特異動的作用で汗をかいただろう。拭いてやる」

特異動的作用は別名食事誘発性熱生産とも呼ばれる。つまり食事後に熱が上がる作用の事だ。バスルームからタオルを持って来て英汰の身体を清め、着替えさせる。逞しい背中にちょっとだけドキドキした。ベッドに横たわった英汰が、ぽつりと呟く。

「いつからだ？」

「何がだよ。ちゃんと主語を入れて話せ」

「料理は、いつから……？」

英汰の額をタオルで拭いながら、明臣は素直に答えた。

「十年くらい前、母の伝手で料理研究家に師事した」

「俺と……結婚が決まった頃くらいか？」

それには答えず、額に冷却ジェルシートをつけてやる。

「四千三百二十……」

明臣は「は？」と首を傾げた。熱のせいでうわ言でも言っているのだろうか。慌てて英汰の顔を覗き込むと、思いのほか強い視線にぶつかった。意識はしっかりしている様子だ。

「なんの数字だ？　だから主語を言えと……」

熱に潤んだ瞳が、じっと明臣を見つめる。

「おまえと結婚していた期間、四千三百二十回おまえの作った食事を食べる機会があった」

「一日三食、弁当まで作らせる気か。そもそもおまえが家事は必要ないと言ったんだぞ」

恨み事を言うつもりはないが、あまりにも勝手な言い草に明臣は突っ込んだ。

「そうだな。皇から伊藤に嫁いでくるおまえに、苦労をかけたくなかった……」

もちろん英汰が良かれと思って言った事はわかっている。仕事を終えてから買い物をして、メニューを考え調理し、後片付けをする。どう考えても負担になるし、金で解決できるならそのほうがいい。

だが、もしも英汰のことばがもうすこしだけ柔らかいものだったら――休みの日くらい、彼のために料理を振る舞ったかもしれなかった。

「変な勘違いするよな。どうせ結婚するなら料理洗濯掃除、すべてを完璧にこなしておまえの鼻を明かしてやりたかっただけだ」

シーツに目を落としたまま明臣が言うと「うん」と妙に幼い返事を寄越される。

「そ、そんなに作って欲しいなら、仕方ないからまた何か作ってやろうか？」

明臣は相手の反応を待つも、返事がない。ムッとしながら明臣が振り向くと、英汰は赤い顔で寝息を立てていた。ふっと笑って、寝ている男の髪を撫でる。

「ん……」

寝返りを打つ英汰にハッとする。完全に無意識だった。慌ててベッドの傍を離れ、明臣はトレイを持って寝室を出た。

リビングに立つと、窓の外には夜景が広がっている。あまりにも懐かしい景色に息を呑んだ。娘を授かり三人で過ごした日々の記憶が、生々しいほど鮮明に蘇る。

（ここ、凛ちゃんがクレヨンで書いた……）

車の鍵や貴重品を入れていた引き出しに、覚えのある落書きが消されずに残っていた。思わず指でなぞる。

「ん……？」

何気なく引き出しを開けてハッとする。そこにはちいさなベルベットの箱が大事にしまいこまれていた。ブランドロゴを見て、明臣はその箱を手に取り開けていた。

想像したとおり、それはリングケースだった。中に入っていた指輪は、センターストーンが三カラットはありそうな大粒のダイヤで、リングにもちいさなダイヤが埋め込まれている。

(このブランドでこの石、数千万はする。これってどう見ても婚約指輪……だよな？)

沈黙したままの寝室へ目を走らせ、明臣は指輪を左手の薬指に嵌《は》めてみた。

「あ……」

ダイヤの指輪は関節で止まってしまい、それ以上進まない。明臣のサイズではなかった。

(センスゼロの悪趣味な指輪だ。俺のじゃなくて良かった……うん、良かったな……)

指輪をケースにしまい、元の場所へ戻した。寝室の扉は開かない。

かつて結婚時代に住んでいたマンションから、どうやって抜け出し自宅へ戻ったか、明臣は覚えていなかった。

7

数日後、伊藤家から豪華海鮮セットが届いた。お中元はもう頂いたから、看病のお礼なのだろう。英汰は既に復調したが、子供たちはまだ皇家にいる。病気休暇中に溜まった仕事を心置きなく消化しろ、と明臣が諭したからだ。

「雲丹《うに》、鮑《あわび》、蟹《かに》、伊勢海老《いせえび》もある」

通常であれば料理人に渡しておしまいだ。しかし今回、明臣には考えがあった。この海鮮を自らの手で調理してやるつもりだった。

（あいつが、俺の手料理を食べたがるから仕方なくだ）

午前中は子供たちの習い事に付き添い、一緒に昼食を取り、子供たちの友人宅へ手土産とともに送り届ける。自宅へ戻り仕事に関連する書籍にいくつか目を通していると、子供たちが帰宅した。皆で夕食を取った後、明臣は自室に戻らず既に片付けられたキッチンへ足を向けた。

「よし、やるか！」

気合を入れ、食材に取り掛かる。

雲丹はジュレ、鮑は酒蒸し、蟹は釜飯にして伊勢海老は天ぷらにした。和風テイストでまとめた料理を重箱に詰めてゆく。

（できた！　……っと、思ったより時間がかかったな）

時計を見ると、予定していたよりも遅くなってしまった。英汰もそろそろ帰宅する頃だろう。先に連絡をしようか迷ったが、アポなしで向かう事にした。なんて連絡をすればいいかわからなかったからだ。

『趣味だった料理を再開したんだ。すこし多く作りすぎたからおまえに持ってきた』

料理はあくまで趣味だと断言するところはいいが、作る量を間違えたなどそんな初歩的なミスをしたと思われたくない。

『おまえが手料理を食べたがってたから持ってきた。感謝して食すがいい』

英汰の要望を聞き入れてるくせに、何故上から目線なのか。チグハグすぎる。かといって「食べて」などと手料理を相手に渡すのは、あまりにもハードルが高い。

(もし不在だったら、翌朝にでも食べるだろ)

最終的に明臣は思考を放棄した。運転手ではなくハイヤーを呼び、明臣は家を出た。

(もし奴が在宅なら、つまみながら一杯……なんて展開になるかもしれないからな)

伊藤家と皇家は徒歩で十分ほどの距離だ。ハイヤーはあっというまに伊藤家に到着した。門で名を告げ、敷地内に乗り入れる。料金を精算し車を降りようとしたところで、見慣れたセダンが玄関先へと停車した。

(英汰が帰ってきたのか。ちょうどよかった)

後部座席から英汰が降りるのが見えて、明臣は声をかけようとした。だが彼はひとりではなかった。

「――は?」

英汰のすぐあとに降りてきたのは、一目見てオメガだとわかる華奢な青年だった。

　さらりと流れる茶色の髪は艶やかで、瞳が大きく、遠目でもかなりの美形だとわかった。背の低い青年に合わせ、英汰が身を屈める。ふたりの顔が接近するのを見て、発作的にハイヤーから降りていた。

　明臣の登場に、ふたりは狼狽《うろた》えた様子で身を離す。

「明臣か!?　どうしたんだ、いったい」

　迷惑そうな英汰のことばに、胃の底が冷たくなる。言葉が勝手に滑り落ちた。

「宗くんが、伊藤の家に忘れものをしたと言っていたから取りに来ただけだ」

　ハイヤーの運転手にチップを渡し、そのまま待機するように告げる。改めてふたりに向き合うと、英汰は苦い顔で青年を紹介した。

「こちらは……」

　英汰を遮るように、青年が一歩前へ進み出る。近くで見ると芸能人でもおかしくないような美形だった。しかも若い。きっと二十歳かそこいらだ。

「お久しぶりです皇様。その節は大変お世話になりました。僕を覚えてらっしゃいますか？」

「え？　君は確か……」

　明るく挨拶をされ、以前パーティー会場で一度出会った事がある相手だったと思い出す。トイレでアルファに襲われかけていたオメガだ。

「双葉遥《はるか》です。皇様にずっとお礼を言いたくて……またお会いできて嬉しいです」

差し出された手を反射的に取っていた。強く掴むと壊れてしまいそうなほど華奢な指だ。

「なんだ、紹介する必要はなかったか？」

割り込んできた低い声に、明臣は慌てて手を離した。英汰は不機嫌な様子を隠そうとしない。

「用があるなら早く済ませろ」

ムッとした明臣が言い返す前に遥が口を開いた。

「これから伊藤様のお宅でワインを頂くところなんです。皇様もご一緒しませんか？」

ぽやぽやした話し方に、すっかり毒気を抜かれてしまう。明臣はかぶりを振った。

「……家に子供たちを残しているし、用を済ませたらすぐに帰るよ」

伊藤の家へ入り、適当に宗佑の玩具を見繕う。応接室の前を通ると、気づいた遥が会釈してきた。ワイングラスを両手で持っているのが可愛らしい。

明臣も会釈を返し、玄関へと急いだ。頭も足もふわふわして、考えがまとまらない。

「明臣！」

玄関前で英汰に呼び止められる。もしいつものように皮肉を言われたら、取り乱してしまう予感がした。そんな醜態をこの男の前で晒す事は耐えられない。

明臣は相手の胸にぐっと親指を突き立てた。

「しっかりやれよ、色男」

遥への下心を指摘されたせいか、英汰がカッと頬を染める。相手の返事を聞く前に、明臣は扉を閉めた。

何やら声が聞こえたが、待機していたハイヤーへ飛び乗る。行きより増えてしまった荷物に明臣は溜息を吐いた。

(何やってるんだ俺は)

双葉遥、確か双葉財閥の御曹司だ。彼なら家柄も容姿も申し分ない。英汰に寄り添っていた姿が脳裏を過ぎった。お似合いのふたりだった。

(双葉の御曹司がオメガとは意外だった。指、細かったな……)

節ばった己の指に視線を落とす。自分には嵌める事ができなかったあの指輪、彼の指にはぴったりなのかもしれない。

ハイヤーを精算し、明臣はふらふらと自宅へ戻った。キッチンへ直行し、重箱を開く。行儀よく詰められた料理を見ていると、衝動的にすべて捨ててしまいたくなった。

舌打ちし、冷蔵庫から瓶ビールを取り出し勢い良く呷る。鮑を指で摘み、口に入れた。

「……うま」

ひとりきりのキッチンに、ぽつんと声が響く。こんなに美味いのに、口にできなかった英汰め、ざまあみろと思った。残りをビールで流し込んでやろうと思った時だった。

「パパだけ良いもの食べてずるーい！　私も食べたい！」

凛が重箱を覗き込んでくる。その姉の背後で、宗佑がぴょんぴょん飛び跳ねた。

「そうくんもたべる！」

「凛ちゃん、宗くん、まだ起きてたの」

「ねてたけど、おきちゃった」

子供たちの明るい声を聞き、冷えた胸に血が通う。皿と箸を出しそれぞれに料理を取り分けてやると、ふたりはさっそくつまみ出した。

「わ、これ美味しい。蟹のご飯も好き」

「おいしいねー」

頬を膨らませるふたりに頬が緩む。三人でつついていると、気がつけば重箱の中身は半分以上減っていた。しっかり夕食を食べた筈なのに、さすが食べ盛りだ。

「全部美味しいけど、伊藤のお家とも皇のお家とも違う味。お店のかと思ったけど、この重箱うちのだよね？　運動会の時と一緒だもん」

さすが凛、鋭い指摘だ。別に隠す事でもないと明臣は打ち明けた。

「これ……パパが作ったんだよ」

凛と宗佑が揃って驚きの声を上げる。すごい、また作って、と興奮するふたりを宥めながら、明臣は笑った。

「勿論、いいよ。何が食べたいか、リクエストはあるかい？」

凛と宗佑が食べたいものを次々にあげてゆく。そんなふたりを見つめながら、明臣は大丈夫だ、と確信する。

（たとえあいつが誰を選ぼうと、この子たちがいるから俺は大丈夫だ）

残った料理を冷蔵庫にしまう。気の抜けたビールを飲み干すと、苦い味が口に残った。


英汰の事を頭から追いやり忙しくしていたが、子供たちが伊藤の家へ行ってしまうと、途端にわだかまりを思い出す。英汰はあのオメガと再婚するつもりなのだろうか。

仕事で気を紛らわせようと思っても、こんな時に限ってスケジュールに余裕がある。鬱々として過ごしていると、来客のしらせを受けた。人と会う予定はなく、誰かと訊ねると双葉財閥の人間だと言われた。まさかと思いながら応接室の扉を開くと、待っていたのは遥だった。

窓から差し込む光を一身に浴び、遥がふわりと微笑んだ。

「お仕事中なのにお邪魔してすみません」

「今日は立て込んでいませんから、平気ですよ。それよりどうされたんですか」

遥が口を開こうとしたタイミングで、扉がノックされる。どうぞ、と声をかけると女性社員がお茶を運んできてくれた。一礼して女性が立ち去るなり、遥は言い放った。

「実は僕、英汰さんと再婚するつもりなんです」

明臣はしばし閉口した。そんな話をするために、わざわざ勤務先まで押しかけたのか。

「双葉さんは何か勘違いしているようですが、私と伊藤は既に離婚しています。ですから」

「皇様には、お子さんたちをふたりとも引き取って頂けたらなって」

こちらの話を遮って、まるで畳み掛けるように遥が言った。

「は？」

よそ行きの表情が剥がれ落ちる。遥は目尻を赤く染め、恥ずかしそうに身を捩った。

「僕、英汰さんと子供を作りたいんです。連れ子と実子じゃ、どうしたって同じように育てられないと思いません？　そうなったらお互い悲劇じゃないですか」

遥がおっとりした口調で告げる。そこに悪意があるならまだ良かった。数秒、返事をするのを待った。頭に血が上っていると自覚がある。冷静でいたいが、限度というものがあった。

「そのふざけた話、あの野郎……英汰も賛成しているのか？」

明臣に気圧《けお》された様子で、遥は悲しげに目を伏せた。長い睫毛が小刻みに震えるのを、明臣は苦々しく見つめた。儚《はかな》げで可憐で、英汰が夢中になる筈だ。

子供の親権を完全に手放してさえ、彼と一緒になりたいのか。

「英汰さんとお話してください。僕から言えるのはそれだけです」

言われるまでもない。遥はソファから立ち上がった。

「またお会いしましょう。僕たちの結婚式、楽しみにしていてくださいね」

引き止める間もなく、遥は部屋から出て行った。後を追うべきかもしれなかったが、明臣はソファから立ち上がれなかった。

数分後、まだ呆然としたまま自分のオフィスへ戻り、機械的に仕事を処理する。我に返るととっくに業務時間外だった。

既に迎えに来ていた車に乗って帰宅する。よほど疲れた顔をしていたのか運転手に気遣われた。自宅前に着くと、玄関の横に5ドアのＳＵＶが停まっているのが見えた。

「来客でしょうか。玄関までお送りします」

「大丈夫、英汰の車だ。このまま上がってください」

車を降りると、停まっていた車の中から英汰が姿を現した。運転手が去って行く。

相手の顔を見た瞬間、明臣は衝動的に吐き捨てた。

「おまえ、女の趣味はいいのに男の趣味は悪いな」

「それは……引っ掛け問題か？」

「は？」

こちらの顔をチラ見して、口ごもる英汰に明臣の苛立ちはピークを迎えた。

「おまえ……再婚するつもりなのか？」

「えっ。あ、そうか……遥ちゃんから聞いたのか」

「遥ちゃん」

ドン引きする明臣に、英汰は気づかない。この間抜けは、本当にあの伊藤英汰なのだろうか。

「再婚って、おまえ本気で言ってるのか？」

「ああ、もちろん本気だ」

つまりこの男は、子供の親権も手放すつもりなのだ。信じたくなかったが、子供の将来より自分の欲望を優先したという事だ。

これ以上一秒たりともこの男の顔を見ていたくない。明臣は冷たく言い放った。

「再婚ね、結構じゃないか。離婚してからもう七年も経ったんだ。いい頃合いだろう」

こちらの様子にまるで気づかず、英汰は浮かれきっていた。

「おまえがそう言ってくれて良かった……！　さっそく凛と宗佑にも伝えなきゃな」

衝動のまま、明臣は英汰の頬を打った。驚きとともに相手の両目が見開かれる。やっと、初めてまともにこちらを見た。

「ふざけるな！　あの子たちをどこまで傷つければ気がすむんだ⁉」

「傷つける？　何を言っている、俺はそんな……！」

「おまえは！」

明臣は鋭く相手の言葉を遮った。言い訳など、ひと言だって聞きたくない。

「子供の事だけは……ちゃんと愛してるんだと信じていたのに。俺の勘違いだったみたいで、残念だよ」

「明臣、待ってくれ！　いったい何の話だ」

「新しく子供を産んでくれるオメガが現れた途端、あの子たちは用無しか」

己に伸ばされた指を乱暴に払う。愕然とする相手へ明臣は告げた。

「双葉遥との再婚、おめでとう。二度と俺たちの前に現れるな」

「明臣、待て！」

背後から声が聞こえたが、明臣は振り向かない。追い縋る相手の鼻先で、思い切りドアを閉めてやった。ノックの音を無視し、自室へ向かう。

そのあいだにもスマホに何度も着信が入った。確かめるまでもなく英汰からだ。スマホの電源を落とし、明臣は子供部屋へと足を向けた。

今は空っぽのベッドに腰を下ろし、サイドボードに飾ってある写真を手に取った。つい先日キャンプで撮った写真だ。タイマー機能で撮影したので、英汰と明臣、凛と宗佑の全員が写っている。

あの男が遥と再婚したら、こんな写真を撮る機会はもう二度と訪れないだろう。

（あの……馬鹿野郎……ッ）

ベッドに腰を下ろし、スマホの電源を入れる。タイミングよく英汰から着信がきた。最後に相手の言い分を聞くべきなのかもしれないが、今は無理だ。相手の番号を着信拒否設定にする。

静寂に包まれた部屋の中、明臣は両手に顔を埋めた。

◇　◇　◇

世界が終わった。

比喩ではない。明臣に拒まれた瞬間、伊藤英汰の人生は半ば終了したも同然だった。もし宗佑と凜が自宅にいなければ、車ごと東京湾へダイブしていたかもしれない。

もはや涙も出なかった。自室で頭を抱え苦悶する。

この夏は明臣と子供たちとキャンプへ行った。そのあと体調を崩したところ明臣が看病に来てくれた。この時は、むしろ明臣との絆が深まったのを感じていた。

（明臣が作ってくれたお粥、美味かったな……）

あまりにも自分に都合のいい展開だったので、熱が見せた幻かと思った。しかし翌日、冷蔵庫に粥の残りが保存されているのを見て夢ではなかった事を知った。お礼と称し食事に誘うつもりだったのだが、想定外の休暇だったのですっかり仕事が溜まっていた。そうこうしているうちに、気を利かせた両親が礼の品を贈ってしまった。

その同じ頃だ。父親から双葉遥を紹介された。彼の父親と英汰の父親が知り合いだそうで、急遽《きゅうきょ》会食する事になった。

遥はオメガだ。綺麗な人だとは思うが、英汰は明臣以外の人間に興味がない。交際を迫られたら断るつもりだったが、遥の狙いは違った。

「父が、僕の事を心配して伊藤様なら申し分ないと、先走っているんです。でも実は、僕にはこころに決めた方がいて……。ご迷惑をおかけしてしまい、申し訳ありません」

交際している相手がいるなら、父親に紹介して安心させてやればいい。そう告げると、遥は悲しそうに目を伏せた。何か事情があるのだろうと察する。

「あなたに想われるなんて幸運な人ですね」

本心から告げると、遥ははにかんだ様子で微笑んだ。遥に想い人がいると知り、英汰は彼にシンパシーを覚えた。だからつい口が滑ったのだ。

「俺も一緒です。ずっと同じ人に片思いをしている……」

ままならぬ思いを抱えるふたりは当然のように意気投合し、一緒に酒を飲む約束をした。半分社交辞令かと思っていたら、ほどなくして遥からいいワインが手に入ったと連絡がきた。英汰も遥もそれなりに名前が知られている。外で飲めばマスコミが煩《わずら》わしい。だから自宅に招く事にした。勿論下心など一切ない。

彼を家に呼んだのはその時が最初で最後だったが、偶然にも明臣が居合わせた。彼が用事を済ませ立ち去ったあと、遥に言われた。

「伊藤様の想い人は、皇様なのですね」

澄んだ瞳で断言されて誤魔化せなかった。遥の持ってきたワインは確かにかなりの上物で、深酒してしまったのもある。

遥は明臣のプライドが高いことを指摘し、正攻法で口説いても落ちないのではないかと言った。同じオメガであるせいか、なかなか説得力がある。つい身を乗り出していた。

「皇様も伊藤様の事を憎からず思っている筈。でもご自分の気持ちを掴みかねているのでしょう。僕と伊藤様が仲良くしているところを見せつけて、皇様を嫉妬させてみては？」

「嫉妬……？　明臣が？」

「はい、嫉妬させる事で皇様の自覚を促すのです」

半信半疑だったが、オメガの気持ちなら任せてください、と遥が頼もしく請け負った。

「以前皇様に助けて頂いたお礼をしたいのです。お二人の仲を取り持てたらと……」

控えめに告げる遥の指を、英汰は思わず握っていた。

「ありがとう！　どうやって君に感謝すればいいか……」

育ちの良い遥はぽうと頬を赤く染め、遠慮がちに離れた。慌てて英汰は謝罪する。

「感情が昂ぶって、君に無礼を働いてしまった。本当に申し訳ない」

「そんなにかしこまらないでください。でもそうですね……そこまでおっしゃるなら、僕の事は遥ちゃんと呼んでくださいませんか」

「は、遥ちゃん……」

ついおうむ返しにすると、遥はありがとうございます、と破顔した。ニコニコ微笑まれると、今さら拒否するのも躊躇われる。そんなこんなで「遥ちゃん」呼びは確定してしまった。

しかし、その計画は完全なる失敗で終わったらしい。最悪の事態だ。


どんよりした気持ちのまま、英汰は空が明るくなるのを眺めていた。いつもの時間にダイニングへ向かうと、凛と宗佑は身支度を終え、朝食の最中だった。

現れた英汰におはよう、と言うなり、ふたりは顔を見合わせた。凛が宗佑に耳打ちすると、宗佑が席を立ちキッチンへと消える。

それをぼんやり目で追っていると、娘の声が耳に届いた。

「ねえ、お父さん。パパといつもどっちが美人の恋人を連れてくるか勝負してるでしょう」

「俺と明臣が？　まさかそんな、くだらない真似なんかする筈……してます」

往生際《おうじょうぎわ》悪く否定しようとした英汰だったが、娘のひと睨みで降参した。

「ふたりともいっつも女の人を連れて歩いているけど、パパはオメガなの。パートナーは綺麗な女性じゃなくて素敵な男性でもいいと思わない？」

「え、あ……」

確かにその通りだ。むしろ英汰に見せつけるなら、アルファの男のほうが効果的である。しかし明臣が男のアルファを連れてきた事は一度もなかった。

「そしてお父さんもよ。オメガ男性を選んだ事は一回もなかったでしょう。双葉さんだっけ？　その人をここへ呼ぶまでは」

「待ってくれ、双葉さんとは別にそういうアレじゃなくて……仕事上の付き合いで」

「だったらどうして自宅へ招いたの？　そんな事今までほとんどなかったじゃない」

娘の情報源はどこなのか。両親か、あるいは家に通う誰かだろうか。まさか子供たちが、遥の訪問を知っているとは思わなかった。

明臣は最高のオメガだ。彼以外の男性オメガはハナから眼中になかった。パーティーの同伴者に選ぶ気にさえならないほど、彼が絶対だったのだ。

（ほんのすこしは……自惚れてもいいのか？　おまえにとって俺以上の男性アルファはいない……そう思ってくれていたと）

遥をパートナーに選ぶ気持ちなど微塵もなかった。だがそれを明臣は知らない。

（俺は……とんでもない間違いを犯したのでは？）

呻いて両手で顔を覆っていると、つんつんと肩を突かれる。指の隙間から覗くと、宗佑が大量に湯気の立ったカップを両手で持っていた。

「パパ、スープのんだらげんきになるよ」

にこっと微笑んで差し出されたカップを反射的に受け取った。期待に満ちた双眸に見つめられ、そっと口をつける。熱々のオニオンスープを一口飲むと、張り詰めていた息がほどけた。

「ありがとう宗佑、元気が出たよ。凛も、ありがとう」

子供たちを呼び寄せて、いっぺんに抱き締める。ふたりの笑い声が鼓膜をくすぐった。

「パパと早く仲直りしてね。おじいちゃんやおばあちゃんを心配させちゃだめだよ」

「なかなおり、するんだよ～」

目の奥がじわりと熱くなる。英汰は無言で頷いた。

そうだ。すべてが終わったと諦めている場合じゃない。

余計な事は考えないよう、職場ではいつも以上に仕事に没頭した。おかげで野村から「今日の社長はなんだか鬼気迫ってますね」と言われるほどだった。

退勤する頃には珍しくヘトヘトで、送迎の車の中で船を漕いでいた時だった。スーツの胸ポケットに入れていたスマホが振動する。着信者を確かめると双葉遥からだった。慌てて通話に出る。

「明臣からもう二度と会わないと言われたぞ！　あいつは君と俺が再婚すると誤解しているが君の仕業なのか？　いったいどうなっているんだ!?」

感情のままに捲し立てると、スピーカーの向こうで軽やかに笑う声が聞こえた。

『落ち着いてください、伊藤様。ご安心ください、計画は順調ですよ』

「どこが順調なんだ！　あいつに着信拒否までされているのに！」

焦る英汰とは裏腹に、遥の声はどこまでも涼しい。

『裏を返せば皇様は十分揺さぶられているという証拠になります。あともうひと息ですよ』

遥は自信ありげだが信じられるわけがない。英汰の不安を嗅ぎ取ったのか彼は言った。

『皇様に、誤解させてしまった謝罪をします。僕には好きな方がいるのだとお話しすればわかってくださる筈ですよ。聡明な方ですから……』

「ここまで拗らせておいて、向こうが素直に話し合いに応じると思うか？」

明臣とは普段から反目しがちだったが、彼をここまで怒らせたことは今までなかった。

弱気になる英汰を慰めるように遥が告げる。

『お子さんたちの親権について話し合いたいとでも言って、皇様をホテルに呼び出して頂けますか。もちろん代理人は通さずに』

確かに親権に関わる話であれば、明臣は必ず席に着くだろう。代理人を介さずサシでの話し合いも、一度くらいは付き合ってくれる筈だ。

「わざわざホテルに呼び出すのか？　自宅でもいいだろう」

『お子さんたちがいない場所で、お互いの本音を話し合うべきです』

反論しようとしたが、遥の言い分はもっともに聞こえる。彼はさらに続けた。

『僕の話が終わったら、お二人でよく話し合ってください。必ず成功するとお約束します』

その自信はいったいどこから湧いてくるのだろう。見えない相手に英汰は唇を噛んだ。

『どうかご安心ください。ふたりは絶対に結ばれます』

遥の男性にしては優しい声が耳を擽《くすぐ》る。どこまでも心地よい声なのに、何故か胸騒ぎが止まらなかった。

◇　◇　◇

英汰を着信拒否していたら、会社から帰宅するなり凛に手紙を渡された。あの男にことづけられたのだろう。我が子を使うなんて卑怯者め。

読まずに捨てるため手紙を自室へ持ち込むと、凛も一緒について来た。父親の行動などお見通しだと言わんばかりである。

「話くらい聞いてあげたら？　お父さん、私たちの前では元気な振りしてるけど……ちょっと見てられないの」

「落ち込んでる？　自信が服着て歩いているような男が？」

「うん、あんなしょぼくれたお父さん初めて見た。今は私たちしか気づかないけど……会社のひとたちにバレたら争奪戦になるかもね」

あの男が落ちぶれた姿を見て笑い飛ばせればいいのだが、今はその気力もなかった。

「フラフラしやがって。……子供に心配させるなんて父親失格だな、あのバカ」

明臣のことばに凛は顔を曇らせた。ちいさな指で、ぎゅっと手を握られる。

「パパだって同じくらいしょんぼりしてるでしょ。宗佑が見たら心配する」

「ごめんね、凛ちゃん」

娘の視線の先、扉の隙間から覗き見しているちいさな姿があった。思わず笑ってしまう。本来であれば、子供達は伊藤の家で過ごす日の筈だった。本当に心配をかけてしまっている。

「宗くん、お部屋に入っておいで」

待ってました、とばかりに宗佑が部屋に飛び込んでくる。抱きついてくる息子をしっかりと抱きとめて、もう片方の腕で娘を引き寄せた。

「ねえ、聞いていいかな。俺とお父さん、ふたりはどっちの味方？」

戯《たわむ》れに明臣が訊ねると、ふたりは笑顔で即答した。

「両方だよ」

「ぼくも！　パパとおとうさん、どっちもだいすき！」

「そうか……うん、そうだね」

しばらく三人で遊んでから、ふたりは部屋から立ち去った。ひとつだけ溜息を吐き、明臣は捨てるつもりだった手紙に目を通した。

――子供たちについて話し合おう。誤解を解きたい、連絡をくれ。

何が誤解だ。そう思ったが明臣は英汰への着信拒否を解除した。話し合いについて、了承の旨をＬＩＮＥで送る。

すぐに既読マークがついて、英汰から待ち合わせ場所の連絡がきた。わざわざホテルの一室を指定しているという事は、向こうもこれが最後の話し合いのつもりなのだろう。

弁護士の手配を考えていると、英汰から『弁護士は不要だ、ふたりで話したい』と追加でメッセージが送られてきた。

（従う義理はないが……最後にもう一発殴るなら、他人はいないほうがいいな）

明臣は「わかった」とだけ返信した。

指定された日、指定されたホテル。

今日のために新調したスーツに身を包み、明臣は高級老舗ホテルのロビーに佇んでいた。我ながら一分の隙もない出で立ちだ。エレベーターに乗り込む寸前、名を呼ばれた。

「皇様！」

振り向くとそこには双葉遥がいた。一瞬で頭に血がのぼる。ふたりで話し合いたいと言いながら、英汰に裏切られたのだ。

明臣がきびすを返す前に、遥は深く頭を下げ「申し訳ありませんでした！」とロビーに響き渡るほどの大声で言った。あたりの視線が一斉に集まる。

「どうしても誤解を解きたくて、英汰さんに無理を言って連れてきて頂いたんです。お帰りにならないでください！」

「は？　ちょっと……」

「皇様にお許し頂けるなら、土下座でもなんでも致します！」

遥は本気だった。床に膝をつきかける相手を必死に止める。どこに知り合いがいるかわからない。双葉財閥の御曹司に土下座をさせたと、ゴシップになるのは勘弁して欲しかった。

「わかった！　わかりましたから！　頼むから頭を起こしてください双葉さん」

必死で呼びかけると、ようやく遥は身を起こした。何事もなかった様子でにこりと微笑む。魅力的な笑顔の筈なのに、何故か背筋がぞくりとした。

「わかってくださって、ありがとうございます。それではお部屋までご案内致しますね」

こちらです、と遥が先に歩き出す。ため息混じりに明臣はその後に従った。

フロント前のエレベーターを素通りし、ロビーの奥まった場所のエレベーター前で止まる。エグゼクティブフロアの専用エレベーターのようだ。

軽快な音とともに扉が開き、遥が先に乗り込んだ。明臣が続くと、懐から操作盤にカードキーを触れさせる。密室の気まずさに耐えかね、明臣は口を開いた。

「英汰はもう着いているのか？」

「はい、既にお部屋にてお待ちです」

上層階でエレベーターが停止する。宿泊者たちだけが降りられるフロアのようだ。遥がこちらです、と先に歩き出した。これから遥と英汰を同時に相手をする事を考えると気が重い。

「この部屋です。さあ中へどうぞ」

これでも柄にもなく緊張していた。だから部屋に入ってから初めて気がついた。

「あいつは……英汰はどこにいる？」

こちらの問いには答えず、遥はカードキーで部屋をロックした。疑いもせずノコノコやって来てしまったが、英汰が知らせてきた部屋は何号室だった?

「伊藤様はここにはいません」

悪びれず遥が答える。明臣は舌打ちしたかった。

部屋に鍵をかけて閉じ込められたといっても、内側から扉は開くので、特に危機感は覚えない。華奢な遥が襲いかかってきたところで、体格的にもまるで相手にならないだろう。

「あんた……いったい何が目的なんだ? 何度も言うが俺と英汰は離婚済みだ。どうして無関係の俺にちょっかいをかけたがる」

遥はちいさく首を傾げてみせた。さらり、と前髪が横に流れる。どこからどう見てもあざといが、その容姿が愛らしい事は認めざるを得なかった。

(英汰のアホめ。結局こういうわかりやすいのにひっかかりやがって……)

不機嫌なまま睨みつけると、遥はうっすらと頬を赤らめた。

「明臣さんは、英汰さんのことを想っていらっしゃるんですね」

断言されて一瞬だけ言葉に詰まる。明臣はすぐに否定した。

「違う! あいつは子供たちの父親で……ただそれだけの相手だ」

「違うんですか? 本当に?」

遥がこちらへにじり寄って来る。無意識のうちに、明臣は一歩後ろへ下がっていた。

「嘘を吐く理由なんてないだろ。あんた、俺に何を言わせたいんだ」

「実は英汰さんと再婚するって言ってたの、嘘なんです」

嘘、と呆然と繰り返していた。ずっと張り詰めていたものが急激にたわむようだった。

「どうしてそんな嘘……。いやあんたが英汰と再婚しようがしまいがどうでもいい。だが子供たちの事は許せな……ッ」

言葉の途中で、遥が突然片手を振りかぶった。反射的に顔を腕で庇ったが、頭から冷たい液体を浴びる。強い刺激臭に鼻の奥が痛み、涙があふれた。

(硫酸か……!?)

ぞっとして明臣は部屋から逃げ出そうとした。一歩進んだが、足が萎えうずくまる。

「……あ?」

肌に異変はない。被った液体は劇薬の類ではないようだ。しかし安心するのは早かった。

「う、あ」

身体が内側から燃えている。頭の芯がぼうっとして、身体から力が抜け立てない。

「何、なんだこれ……」

「皇様、初めてお会いした時からお慕いしております」

しゅるりと衣擢れの音が続いたあと、遥が一歩ずつこちらへ近づいてくる。逃げなければと思うのに、明臣は惚けたように彼の姿を眺めていた。

白いシャツからすらりと伸びた脚は、目に痛いほど白い。足首やふくらはぎは細いのに、太腿はほどよく肉がついていて男好きしそうだ。僅かに膨らんだ胸、乳首の色は薄い。

床に跪いた遥が、じっと視線を合わせてくる。薄い鳶《とび》色の瞳に映った自分の顔は、あからさまに欲情していた。

「へ？　お慕いしてるって言われても……あんたはオメガで、俺もオメガだぞ」

「何か問題がありますか？　オメガとオメガだって愛し合えます」

華奢な指が明臣のネクタイを外す。手を振り払いたいのに、身体が熱すぎて身を任せてしまう。襟元のボタンをふたつ、みっつ外された。拒みたいのに、空調の冷えた風が火照った肌に心地よくて陶然となる。

「止めろ、俺は……っ」

「ねえ、英汰様じゃないと嫌？」

するり、と肩からジャケットを脱がされる。それだけで首の後ろがゾクゾクした。

「だからっ、そんなわけないって……言ってるだろ！　それより、俺に何を使った!?」

なんとか言い切ったところで、遥に抱きつかれ床に押し倒された。背筋が痺れる。

「オメガの強制発情剤です。僕も同じ薬を使いました」

妊活などで使用される薬で、発情期を起こし、排卵を促すものだ。抑制剤を使うか、アルファの精液を胎内に受け入れない限り、最長で六時間の薬効が持続する。

「僕と一緒に悦《よ》くなりましょう」

「み、耳もとで、喋るなぁ……」

息を乱しながら、明臣は両手で相手の胸を押しのけようとした。指が尖った乳首を掠め、遥が淫らに喘いだ。

「アルファなんて偉そうにしたところで所詮穢《けが》らわしいケダモノです。明臣様、オメガ同士で真実の愛を育みましょう」

「待て待て……う、あっ！」

裸の膝が、明臣の股間を圧し潰す。敏感になりすぎて、痛みを覚えて涙が滲んだ。触れられているところ、すべてが火傷《やけど》しそうに熱かった。おかしいくらい過敏になっている。

「オメガ同士なら何度達しても終わりがこないんです。素敵でしょう?」

正気とは思えない。明臣は自由にならない身体を必死に捩った。

「ふざけるな！　どう考えても地獄だろうが……っ」

「ああ、とてもお綺麗です。オメガの王、気高い明臣様……お互いに、たっぷり種付けし合いましょうね。ふふ……狙うのはダブルデキ婚です」

「ひっ……！」

遥の指が過敏になった肌をくすぐる。明臣はぎゅっと両目を閉じた。どれだけ欲情していようが絶対に嫌だ。

英汰以外はたとえ世界一の富豪だろうと世界一の美男美女だろうとお断りだった。

（英汰のバカ！　どうしておまえがここにいないんだ！）

八つ当たりするように、明臣は胸の中で罵倒した。

◇　◇　◇

明臣が来る前に打ち合わせをしたいから、と予定の時間より一時間早く双葉遥と待ち合わせをした。その遥が一向に現れない。既に明臣との約束の時間が迫っていた。

（嫌な予感がする）

駆り立てられるような気分で、英汰は明臣に連絡をした。だが彼からの返信はない。さらに約束の時間になっても明臣は姿を見せなかった。英汰は迷わず凛に連絡した。

『パパならお父さんと会うって出て行ったよ。まだ会ってないの？』

「行き違ったみたいだ。もう一度連絡してみるよ」

開発中のスマホのアプリを起動させる。明臣の携帯に搭載されているＧＰＳで現在地を確認する。同じホテルにいる事が判明したが、さすがに階数まではわからなかった。

警察に連絡を入れるべきだろうか。胸騒ぎは激しくなり、今や実際に心臓が軋むほどだった。

（ダメだ、待っていては間に合わない）

妙な確信に突き動かされる。英汰は部屋を飛び出した。息が苦しい。胸が激しく拍動する。

（呼ばれているのか……？）

エレベーターの手前まで来て、ここは違うと引き返す。視界がひどく狭かった。ふらふら廊下を彷徨っていると、階段への扉を見つけた。下だ、と強烈な思いがこみ上げてくる。

客も従業員も、階段を使うものはほとんどいないようだった。呼吸が苦しいが、足を止める事など考えもしなかった。もう何階ぶん降りただろうか。滲んだ汗でシャツがぺたりと肌に張り付いている。やがて唐突にここだ、と思った。

扉を開けて、同じ扉がずらりと並んだ廊下に出る。

「英汰！」

まるで耳元で叫ばれたかのように、己の名を呼ぶ声がはっきり聞こえた。縺れそうな足で駆け出し、声の聞こえてきた扉を全力で叩いた。

「明臣！　いるなら返事をしろ！」

しんとした廊下に自分の叫ぶ声が響く。もう一度扉を殴ったところ、中から聞き逃しそうなほど微かな声が答えた。

「ここに、いる……っ」

明臣の声だ。英汰は扉を確かめた。蝶番は内側にあり、映画やドラマのように簡単に蹴破る事はできそうもない。

英汰はスマホに内蔵しているデバイスを起動させた。開発者コードを入力し、三重にかけられていたロックを解除してゆく。長い英文を読み飛ばし、最終確認にyesと入力した。

パン、という破裂音とともに、廊下の全照明が一瞬で落ちた。同時に電子ロックも解除される。個人的に開発に携わっている超小型電磁パルス発生装置だ。自分の電子機器には影響を及ぼさず、相手の電子機器のみ損害を与えるものである。

有効範囲と出力を絞ったが、この目の前の部屋とその上下階の部屋ではすべての電子機器の機能が麻痺している筈だ。もちろん、電子ロックも解除される。

（緊急事態だ、許せ）

部屋に踏み込むと、遥と明臣が重なり合っているのが見えた。淫靡《いんび》な匂いがむわっ、と鼻先に漂ってくる。英汰は緩く頭を振った。

遥の白い肌が見えて背筋がひやりとするが、明臣はほとんど衣服を乱していない事に気がつきホッとする。

「何故ここが……!?　止めて、僕たちの邪魔をしないで！」

遥が叫ぶのに構わず、英汰はふたりのもとへ近づいた。

明臣の様子がおかしい。鼻の奥を突き刺すような刺激臭に舌打ちする。アメリカにいた頃、よくないパーティーで使われていたのと同じものだろう。

ぐったりした明臣の姿に、怒りで目の前が赤く染まる。

「俺の番《もの》に触れるな！」

遥の鼻から血があふれる。アルファの攻撃フェロモンをまともに浴び、そのまま白目を剥いて昏倒《こんとう》した。呼吸を整え、フェロモンを制御する。

上で伸びている遥の身体を乱暴に退けて、明臣をそっと抱え起こした。

「明臣、平気か？」

白い瞼がおののいて、ゆっくりと明臣は目を開いた。吸い込まれそうな黒い瞳が熱っぽく潤んでいる。

「……っ！」

熱い身体がしがみついてくる。鼻腔を刺激する堪らない匂いに、頭の芯が痺れた。これは己のものだ。貪りたい。吐き出す息も、汗や涙の一滴まで、余さず啜り尽くしたい。

「抱け、よ」

耳もとで弾む息に、脳髄が蕩ける。英汰は獣のように唸った。

「俺を抱け……、抱けよぉ。おまえの、でっかいの突っ込んで、ぐちゃぐちゃにして」

英汰は知った。アルファがオメガを支配するのではない。オメガこそが支配者だった。彼の望みを叶えるために、自分はこの世に生を受けた。己のすべてを今すぐ明臣に捧げたい。

（おまえの望みは、俺がすべて叶えてやる）

このいつも気高い男の服を剥ぎ、床に這わせ、猛った己の陰茎をぶち込んで、奥にたっぷり精液を注ぎ込み、孕ませてやる。それこそがオメガである彼の望みなのだ。――本当に？

（違う……違う！　コレは、こいつの本意じゃない。俺に都合のいい妄想に、惑うな）

正気を保つために、英汰は自分の指に噛みついた。そうでもしないと、脳が焼き切れそうだった。血の味と激痛で意識が多少クリアになる。ふと掠れた声が耳に届いた。

「おまえ……そこまでして、俺の事を抱きたくないのか」

苦笑する明臣に、英汰は思わず噛み付いた。

「ふざけるな！　おまえを抱きたくて、こっちは気が狂いそうなんだ」

「意地っ張り。カッコつけ野郎。俺がいいって言ってんだから、一発犯っておけばいいだろ」

人の気も知らず好き勝手言ってくれる。いったいどこの誰が一発で済ませられると思っているのだ。

英汰はスーツの内ポケットから常備している抑制剤を取り出した。行儀悪く口でキャップを外し、朦朧《もうろう》としている明臣に口移しで飲ませてやる。

「発情した状態で抱かれるの嫌なんだろう。俺はおまえが嫌がる事は絶対にしない」

何かを答えようとして、明臣は力なく目を閉じた。気絶したようだ。

その身を横抱きにして、ベッドまで運び横たえる。しどけない姿に、このまま抱いてしまいたいのを全身全霊で耐えた。

電話線だけは生きていたので、部屋付けの固定電話からオメガの救急センターへ連絡を入れる。数十分後、到着した救急隊員に搬送されるまで、英汰は明臣に付き添い続けた。

8

「——非常に、よろしくない」

大変不本意ではあるが、先日明臣は伊藤英汰に救われた。

そもそも明臣が窮地に陥った原因が英汰にあるような気もするが、とにかく助けられた事実は否定できない。そのせいなのかなんなのか、近頃の明臣は暇があれば英汰の事を考えてしまう。由々《ゆゆ》しき事態である。

(あのヤバイ薬で倒れた時、記憶も一緒に吹っ飛べばよかったのに)

残念な事に明臣は発情中でもしっかり記憶が残っているタイプだった。薬で頭がおかしくなっていたとはいえ、今思えばかなり際どい発言をした。抱けとか、突っ込めとか、ぐちゃぐちゃにしろとか――。

（うあああ！）

自宅の書斎で明臣はひとりで悶絶する。思い出すだけで死にたくなるが、さらに追い討ちをかける事態がもうひとつ。

双葉遥の怪しい薬でピンチに陥った明臣を、救出に来た際の英汰の様子だ。

（あの野郎……くっっっそ、カッコよかった！　あんなの完全に映画のヒーローじゃないか！　ハリウッドも真っ青だろうが！　俺にどうしろって言うんだ！）

明臣のだだ漏れ発情フェロモンに、じっと耐える英汰の色っぽい事と言ったら。弱っていなかったら絶対にスマホの最高画質でムービーを撮っていたと断言できる。

ひとしきり足をジタバタさせてから、我に返って咳払いをした。

（マジで、どうしたもんかな……。助けて貰った礼だって、ロクに言えてないし）

例の騒動からひと月近く経つというのに、明臣は英汰と顔を合わせられずにいるのだ。決してお互い相手を避けての事ではない。

ホテルで倒れた明臣は、遥ともどもオメガ救急センターへ搬送された。アルファである英汰は当然ながら立ち入り禁止だ。そして退院後も結局彼に会えていなかった。

まず明臣は、急な入院のせいで溜まった仕事や狂ったスケジュールの消化で多忙を極めた。一応ひと段落はついたが、それもごく最近の事だ。

英汰は英汰で、国内外をあちこち飛び回っているらしい。風の噂では英汰が個人的に開発に携わっている、ウェアラブルデバイスに不具合が出たせいだという。

（あいつ、社長業務と本社の役員兼務しながら、よくそんな暇があるな）

明臣は気がついた。息を吸うように、英汰の事を考えてしまっている。我ながら重症だ。プライベートは、まだいい。しかしこのままでは仕事に支障をきたすのも時間の問題である。

（来年は役員選出の話も出ているのに、色ボケしている場合じゃないだろ。……こうなったら一度リセットするしかないか）

明臣は己に今もっとも必要なものがなんであるか確信している。そう、バカンスだ。

数年前祖父から譲り受けたカリブ海に浮かぶ無人島がある。東京ドーム二個ぶんくらいの広さで、インフラ設備済み、ソーラーパネルによる自家発電機を備えたコテージが一棟だけ建っている。

今の明臣にメジャーな観光地でパワフルに遊ぶ気力はない。南の島で楽しく遊ぶ子供たちを、ひたすらぼけ～と眺めていたいのだ。南国セラピーである。

明臣がさっそく子供たちを楽園へ招待したところ、ブーイングが起きた。今年の冬はスキーがよかったと口々に文句を言われてしまう。

しかし明臣はめげなかった。雪山にも必ず行くと約束して、年末はなんとか南の島へ遊びに行く了承を得た。

前回のキャンプは凛の裏切りで邪魔者がくっついてきてしまったが、今回に限りその心配は不要であった。現在の英汰は、年明けまで身動きできないと聞いている。凛と宗佑もしばらく皇家で預かる事になっているほどだ。

さっそく杉田に旅行の手配を頼む。持っていくものから、滞在中の食事や現地のナビゲーター、移動手段などすべてを丸投げしたが、杉田は快く引き受けてくれた。勝ち確定である。

明臣が所有する島に一番近い空港は、バハマのリンデン・ピンドリング国際空港だ。日本からの直行便はないので米国経由になる。島まではさらにクルーザーで移動するため、移動だけで一日がかりだ。

（年末休暇が二十七日からだから、仕事を調整して有給を足せば年内に帰国できるな……）

元旦には本家に親族が集まるので、留守にする事はできない。

英汰から今年のクリスマスについて予定を訊かれたが、明臣は適当にはぐらかしておいた。やはり仕事が忙しいのか、相手からの追撃はこない。なんだかんだ言って、毎年クリスマスはどちらかの家で過ごす事が多いが、仕事の都合がつかなければその限りではない。だから不自然には思われていない筈だった。

（今回ばっかりは、あいつについて来られたら困るからな）

英汰の事を忘れるために南国へ行くのに、その本人が一緒に来てしまったら台無しだ。凛にもよくよく言い聞かせておいたので抜かりはない。

そして迎えた小学校終業式翌日。

無事有給をもぎ取った明臣は、子供たちを連れて成田国際空港へ到着した。チェックインをし、カウンターへ荷物を預け、保安検査場へ行き出国審査を受ける。冬休みが始まったので検査場はいつもより混雑していた。

ファーストクラスはフルフラットのシートとはいえ、十二時間も過ごすと疲れてくる。

米国へ到着した明臣たちはニットを脱ぎ、薄手の服に着替えた。乗り継ぎといえど一応入国手続きが必要なのが少々面倒だ。

リンデン・ピンドリング国際空港行きの飛行機に乗り換え三時間弱、空の旅がやっと終わる。

飛行機から降りるとターミナルBまで、現地のコーディーネーターの男性が迎えに来ていた。

荷物をすべてタクシーに積み込み、観光客で賑わうナッソー市内を抜け、タクシーがマリーナへと到着した。

日本との時差で現在のバハマは出発前日の夕方となる。太陽は水平線に沈みつつあって、金色の光が白いクルーザーを照らしていた。クルーザーは全長約四十フィート、十二人乗りのサロンクルーザーだ。

　長い移動で疲れているのか、凛も宗佑も大人しい。

「ふたりとも疲れただろ？　もうすこしで着くからな」

うん、と素直に頷くふたりを伴いキャビンに乗り込んだ。最後に乗船したコーディネーターが舵を取り、クルーザーはエメラルドグリーンの波をかき分けた。

　夕陽を浴びながら一時間ほど進むと、ちいさな島が見えてきた。明臣の所有する島だ。桟橋《さんばし》の前に中古のピックアップトラックが停車している。ちいさな島なので、コテージまでは徒歩でも十分ほど歩けば着く。

　桟橋にクルーザーを停船させ、コーディネーターが荷物をトラックに積み替える。島の舗装された道はコテージまで続いているので、道案内は不要だ。

　道なりに進むと数分で白亜の建物が見えてきた。男はトラックを停め、てきぱきと荷物を地面に下ろす。明臣も助手席から降りた。新鮮な空気に、うーんと大きく背を伸ばす。

　その時だった。背後でバタンと扉の閉まる音がした。ハッと振り向けば、トラックが猛然とUターンするところだった。

「はあ!?」

　タイヤが地面を擦る。トラックにはまだ凛と宗佑が乗っていた。誘拐か、と駆け出そうとした瞬間、子供たちがトラックの荷台からぴょこんと元気よく顔を出した。

子供たちが笑いながらこちらに手を振っている。明臣は叫んだ。

「凛！　宗佑！　あぶなっ、ちょ、待ちなさい、なんで……！」

ほとんど泣き出しそうな明臣を見て、子供たちはせえの、と声を揃えた。

「パパもお父さんも、大好き！　バカンス楽しんでね！」

えっ、と虚を衝かれたその隙に子供たちを乗せたトラックは、土埃を立てて走り去ってしまった。呆然とそれを見送ったあと、我に返る。

「クルーザー……やばい！」

このままクルーザーで逃げられてしまうと、明臣は無人島に置き去りだ。しかし今から走ってトラックに追いつく事は不可能だ。

(どうしたら……そうだ、コテージに行けば衛星電話が用意されてる筈！)

必死に島からの脱出方法を考えていると、背後から聞き慣れた声に名を呼ばれた。びくんと身体が震える。

「明臣？　おい、明臣か!?」

「……嘘だろ……」

コテージから飛び出てきた男を見て、明臣は唖然とする。そこにいたのは、ひと月以上ぶりに会う英汰だった。ことばもなく、ふたりは互いの顔を見つめ合う。

やがて太陽は完全に沈み、島に夜が訪れた。

さわさわと木々の葉が風に擦れる音がする。街灯がないので陽が落ちてしまえば途端にあたりは真っ暗闇だ。星はよく見えるが、コテージの背後に迫る森が不気味だった。

「英汰……どうしておまえがここにいる？　子供達がどこへ行ったのか知っているのか？」

「あの子たちは親父たちと一緒にナッソーのホテルにいる。俺は凛と宗佑に呼ばれたんだ」

子供たちの様子からして、そうだろうなと納得する。英汰はさらに続けた。

「俺がここに来たのは、おまえに会いたかったからだ」

はっと思わず鼻で嗤う。はっきり言って面白くなかった。

「子供たちと一緒に俺を謀って楽しいか？」

「騙し討ちのような形になったのは謝る。話がしたいんだ、明臣」

キャンプの時とは違い、裏切られたと感じてしまう。答えず明臣はコテージへ向かった。

スーツケースを持った英汰がついて来る。扉の前まで来て、明臣は相手を睨みつけた。

「ついて来るな、鬱陶しい」

「ここはおまえが所有している島だったな。俺は外で眠ればいいのか？」

真正面から見つめられ、明臣はつい視線を泳がせた。

こちらは今乾季で、最低気温だって二十度以上ある。野宿したって死にはしないだろう。だが、と明臣は唇を噛んだ。この男は仮にも子供たちの父親で、しかも先日助けられたばかりだった。そのお礼もまだちゃんと言っていない。

「し、仕方がないから滞在の許可をくれてやる。せいぜい俺に感謝するんだなっ！」

礼を言う筈だったが英汰の顔を見ると駄目だった。その英汰は肩に顔を埋めて何やら耐えていたが、やがてぶはっと噴き出した。

「く、悪い……。俺の滞在を許可してくれた事、こころから感謝する」

明臣は無言でコテージへ入り、鍵をかけた。外から激しく扉を叩かれる。

「おい！　いいのか、おまえのスーツケースはここだぞ！」

はあ、とため息を吐いて渋々鍵を開いてやる。人質、もとい物質を取るとは卑怯な男だ。神妙な顔で英汰が扉から入って来る。

コテージはバストイレ付きのメインベッドルームふたつに、ゲストルームがみっつ、リビング、テラス、キッチン付きだ。明臣は英汰からスーツケースを受け取った。

「俺は約十七時間のフライトとクルーズでの移動で疲れている。取り敢えず、寝かせろ」

「ああ、わかった」

取り敢えず一番手前の扉に手をかけたところ、英汰が口を開いた。

「ちなみに俺は、その一番手前の部屋を使っている。駄目なら移動するから待ってくれ」

今度こそ舌打ちしつつ、明臣はその隣の扉に手をかけた。そのまま部屋の中へ進みかけ、数秒だけ逡巡する。スーツケースを先に部屋の中へ押し込んで、明臣は背後を振り向いた。

英汰がどうした、と目で訊ねてくる。

「この前は、助かった。……まだ、礼を言ってなかったから、その……」

ありがとう、と素早くつけたしたが、声がちいさすぎて、相手に聞こえなかったかもしれない。顔が赤くなるところを見られたくなくて、明臣は力任せに扉を閉めた。向こう側から「ぐ、かわ……」と呻く声が聞こえたような気がしたが、確かめる気もない。

水とぬるま湯の中間のようなシャワーを浴び、明臣はベッドに飛び込んだ。

時差ぼけのせいで眠りはすぐに訪れる。何度か途切れ途切れの夢を見た。そのほとんどに英汰が出てきたせいで、朝起きた時、明臣はぐったりしてしまった。

寝る前に外した腕時計で時間を確認する。日本では夜の二十時半だから、こちらは朝の六時半だ。荷ほどき途中だったスーツケースを整理して、今日着るための服を選ぶ。

リネンの半袖シャツと同じリネンのパンツ、革のサンダルを履く。髪を緩めにセットして部屋を出ると、先に起きていたらしい英汰がキッチンでコーヒーを淹れていた。

このコテージを建設する時、南国らしく壁を取り払ったオープンスタイルにするか迷ったが、虫が得意ではないので壁一面をガラス張りにした。朝陽の中で、英汰が振り向く。

「おはよう、コーヒー飲むか？」

好きだ、と言いかけて明臣は「飲む」と頷いた。危ない。寝起きにこのシチュエーションは心臓に悪すぎた。

英汰は生地も仕立ても明らかに上質だとわかる白いTシャツに、濃紺のハーフパンツを合わせている。格好がシンプルなぶん顔とスタイルが際立つ。

「熱いから気をつけろ」

優しい、と思いながら湯気の立ち上るカップを受け取る。

「それで、話って……何を話すんだよ」

「昨日の今日で疲れているだろ、今はいいよ。なにしろ時間はあるからな」

もったいぶってないで早く話せ、と思ったが、無理やり急かすのも違うような気がする。そうか、とだけ言って明臣は冷蔵庫の中を見た。

水やソーダのボトルと、パッキングされたチキン、加工肉、果物と野菜、アルコール飲料、冷凍庫の中には肉類やシーフード、冷凍食品がぎっしりと詰まっていた。

「時間はあるって、迎えのクルーザーはいつ来るんだ?」

ストッカーにはパスタ類やトルティーヤチップス、米、パンなどが並んでいる。食材が豊富だから、料理をするもしないも気分次第だ。

「たぶん、明後日だと思う」

「ふーん……」

子供たちがいないと間が保たない。英汰とは、いつもどんな会話をしていただろうか。

（――明後日まで、英汰とふたりきり）

平然を装って、明臣はコーヒーを飲んだ。まだかなり熱かったのでうっかり上顎を火傷したが顔には出さない。

（ただ大丈夫だ、部屋には鍵がかかるし抑制剤だって持ってきているし、おおお落ち着け俺）

ふう、とちいさく深呼吸をする。こんな調子では明臣が英汰の事を変に意識しているとバレてしまうではないか。どぎまぎしながら明臣はチラッと相手の様子を確かめた。

いつのまにかリビングに持ち込んだノートPCに、英汰は何やら打ち込んでいた。

「仕事してるのか。回線が繋がらないだろう」

「ああ、衛星回線を開いたんだ」

さすが電気通信事業者。用意がよすぎるが、いつからここへ来る事を決めていたのか。

「おまえ……人の島に勝手に……アンテナはどこだ？」

「建物の裏に設置した。一応おまえの父親に許可は貰ったぞ」

カップを持っていなければ、両手で頭を抱えているところだ。聞けば昨日英汰が言っていた『父親たち』の中には明臣の両親も含まれているという。

（なんだか外堀を埋められていないか？）

ネット回線が繋がるなら、機内で使おうと持ってきたノートPCが有効活用できる。メールチェックだけ、と自分に言い聞かせながら明臣はPCを開いた。そのまま午前中いっぱいを仕事にかまけてしまう。

（くそ！　午後は絶対に仕事しないからな！）

さすがに空腹を覚え、キッチンへ向かう。昼食はどうするのか英汰に訊ねようとして、彼がプロテインバーを齧っているのに気がついた。

「おまえ昼飯は？　そんなんでいいのか？」

「んー……」

生返事をしたきり、英汰は液晶ディスプレイに集中している。まあいいか、と明臣はストッカーからクラッカーを取り出し、ピスタチオのスプレッドを塗って食べた。白ワインも開け、冷蔵庫の生ハムとチーズもつまむ。

（せっかく南国まで来たんだし、ビーチにでも行くか）

ほどよくアルコールが入った事で、気持ちが浮き立った。ワーカーホリック野郎など無視するに限る。明臣は外へ繰り出した。

歩くと汗ばむくらいの陽気だが、今は乾季なので日本の夏よりからっとしていて過ごしやすい。さほど広くない島なので、しばらく歩けばビーチに着く。

サンダルを脱ぎ、足だけ海に浸かる。海温は冷たすぎずちょうどよかった。

海から上がり、白い砂浜に腰を下ろす。足が乾くまでぼうっと海を眺めた。波打際が太陽を反射して目に痛い。本来であれば、ここで子供たちと遊んでいる筈だった。

（くそ、あいつとふたりきりって……）

瞼を閉じても、強い光が眼球に突き刺さる。日焼けでもしたのか、じわりと涙が滲んだ。

（俺たちが話し合って、どうするんだ。そんな時期、もうとっくに過ぎてるだろうが）

たったひとりの男に執着して、自分から手を伸ばす事も手放す事もできないまま、どこへ向かっているのだろう。自分自身にさえ、もはや決着のつけかたがわからない。

ふと目の前が灰色に霞んだ。

明臣は思わず身を竦めた。息をするのも難しいくらい強烈なスコールだ。一瞬で全身がずぶ濡れになる。雨粒が当たって肌が痛かった。

なんとかコテージまで戻ろうとしたが、明臣は途中で諦めた。道端に生い茂るマンチニールの木に身を寄せ、雨が通り過ぎるのを待つ。

俯くとぽたぽた、と髪の先から雫が滴り落ちた。スコールはまだ止みそうもない。

ふと灰色のカーテンの向こうに、人影が揺らぐ。明臣は濡れた前髪をかきあげた。

数メートル先に、傘を差した英汰がいる。明臣を迎えに来たのか、それともただの散歩だろうか。英汰が傘を持っていないほうの手を広げた。

「アキ！」

結婚していた時、呼ばれていた愛称だ。その声を耳にした瞬間、明臣は駆け出していた。そのままの勢いで英汰に抱きつく。

「うお！」

普段だったら、難なく受け止めたかもしれない。だが雨でぬかるんだ道に足を取られ、英汰は思い切り引っくり返った。ともに倒れながら明臣は笑った。

「はは、ざまあみろ！」

英汰が目を見開いた。次の瞬間、にやりと笑うと明臣を抱き寄せた。仕返しのつもりか、ごつんと額をぶつけられる。痛みに呻くと、英汰に耳元で怒鳴《どな》られた。

「おまえが好きだ！」

スコールごと肌にことばが突き刺さる。明臣は瞬いた。

好きだ、と言われた。この男に自分が言わせたのだ。指が震える。全身が震える。

大声で嘲笑ってやりたかった。十八年間だ。人生の半分以上の時間を、こんなどこにでも転がっている、たった一言のために――。

スコールに紛れそうな声で、英汰がもう一度「好きだ」と繰り返す。この男に勝ち誇るなら、今しかなかった。勝利宣言のため、明臣は口を開く。

「――お、おれも、好き……っ」

言葉は口から勝手にこぼれでた。スコールでも隠せないほど、涙があふれて止まらなくなる。英汰がぐしゃぐしゃに顔を歪めている。そんな表情さえ魅力的だなんて、狡《ずる》い男だ。泣くのと笑うのと、明臣も中途半端な顔になる。ふたりしてぶるぶる震えながら、口づけを交わす。

もっと口づけを続けたかったが、スコールに耐えかねて同時に笑った。ひとつの傘を奪い合いながらコテージへ戻る。

「止めろ、泥が跳ねる！　そもそもなんで傘をもうひとつ持って来なかった！」

「相合傘がしたくて……どうせもう泥だらけなんだから諦めろ」

「いや、絶対におまえより俺のほうがマシだから」

明臣のことばに英汰は自分の背後を振り向いた。な？　と明臣が駄目押しすると英汰は無言でTシャツを脱いだ。

「誰もいないんだし、どうせなら全部脱げば？」

にやつきながら明臣が言うと、英汰はすこし考えたあと首を左右に振った。

「癖になったら困るから、やめておく」

本気で言っているのか、冗談なのか怖くて突っ込めない。コテージに着いたので、明臣は英汰を外に待たせて自分だけ中へ入った。

「ちょっと待ってろ」

バスルームから、清潔なタオルを取って玄関へ戻る。英汰は既にハーフパンツも脱いでいた。下着一枚になった色男に、タオルを頭から被せてやる。

髪を拭ってやると、視線がぶつかった。堪らなくなって、英汰の唇に噛み付く。すぐにキスを返されて、シャツのボタンを外された。自分からベルトを外し、ボトムスに手をかける。

びしょ濡れになった服が脱ぎづらい。ふたりで息を荒げ、互いの下着を剥ぎ取った。手を繋いで寝室へと向かう。

ベッドの前で立ったまま英汰に口付けられた。相手の首にしがみつくと、背がしなるほどきつく抱きしめられた。冷えた肌に昂ぶった性器を押し付けられる。あまりの熱さに火傷しそうで背筋が震えた。

堪らなくて、相手の下唇を噛む。顎に指をかけられて、無理やり開かされた口に、無遠慮な舌が押し入ってきた。舌を絡めると、大きな両手に尻をぎゅっと掴まれる。

膝から力が抜けたところで、そのままベッドに横たえられ、すぐに英汰が覆い被さってきた。膝を割られ、咄嗟に両手で股間を隠す。

「隠したほうが、エロいぞ」

「う、うるさい。バカ！　……何年振りだと思ってるんだよ」

素直になりたいのに恥ずかしさから憎まれ口を叩いてしまう。英汰がぽつりと呟いた。

「わかってる。俺だって恥ずかしい」

肩まで真っ赤にして言うな、と思う。普段の明臣なら童貞か、とからかうところだが、今は黙るしかない。なぜなら自分も彼に負けず劣らず赤くなっているのがわかるからだ。

額にキスをされ、優しく髪を撫でられる。英汰が低く囁いた。

「ことばが出ない……」

「だから止めろって」

「これで、俺のものだと思ったら……」

英汰が声を詰まらせる。明臣はキスでその口を塞いだ。タオルで拭った筈なのに、ふたりの頬はまた濡れ始めている。

「おまえのことば、そっくりそのまま返してやる」

明臣が腰を擦り付けると、英汰がくぐもった声を漏らす。首筋を舐められたので、明臣も同じようにした。胸へのキスには同じように胸へキスを返す。お互いの全身を確かめ合うように指と唇で触れてゆく。どれだけ確かめても、足りなかった。すん、と英汰に首筋を嗅がれる。

「いい匂いがする」

「え？　発情期には……まだ早い筈だけど」

予想では一週間以上先だが、旅先などで体調が変化する事は十分あり得る。

すこし考え込む様子で英汰が言った。

「運命の番を相手にすると、発情期が狂う事があるらしいな」

「それって、ただの都市伝説だろ」

そうかもしれない、と答えながら英汰は続けた。

「双葉遥からおまえを取り戻そうとした時、引き寄せられるような感覚があった。俺はおまえに呼ばれたんだと確かに思った」

高校の授業で運命の番は『共鳴』すると習った覚えがある。

「アキ、おまえが俺の運命の番かどうかはどうでもいい。俺にはおまえだけだ」

とろり、と奥から愛液があふれる感覚があった。薬を使われた時より緩やかだが、肌が過敏になっている。明臣はちいさく喘いだ。

英汰が心配そうに「薬飲むか？」と訊ねてくる。相手の目をじっと見つめ、明臣はかぶりを振った。

「いい、このまま、おまえが欲しい」

激しく口づけられて、酸欠で頭がぼうっとする。ぐったりしていると英汰が動いた。

「あ、これ……やだっ……」

寝そべる英汰の顔に跨がる格好にさせられる。シックスナインの体勢に明臣は半泣きになった。オーラルセックスさえした事がないのに、いきなりハードルが高すぎる。

「ずっとしたかったんだ。でも、アキがどうしても嫌ならやめる」

尻を撫でながら、悲しそうに目を伏せる。狡い男だ。そんな顔をしたらなんでも言う事を聞きたくなる。明臣は意を決し、目の前の昂りに舌を這わせた。乱れる相手の息に、呆気なく頭が茹で上がる。

英汰の事を気持ちよくしてあげたかった。そのためなら、多少恥ずかしい事だって我慢できる。お返し、とでも言いたげに相手の指が明臣の性器に伸びてきた。びくん、と腰を揺らすともういっぽうの手が尻のあわいを押し開き、熱く濡れた感触が後孔に触れた。

「んんんぅ!?」

もうすこしで英汰のペニスに歯を立てるところだった。慌てて男を吐き出し、明臣は叫んだ。

「や、め……ひ、あア!」

ぐちゅぐちゅ、と聞くに耐えない水音が響き、かくんと全身から力が抜ける。

「だ、め、だっ、てえ……」

羞恥を誤魔化すために必死に口を使った。淫靡な水音が鼓膜から明臣を責め立てる。

ふと愛撫が止まり、抱き寄せられた。いいか、と耳元で囁かれて何度も頷く。英汰に跨り、ゆっくり自分の中へ導いてゆく。この体位も初めてで、すこし足が震えた。

「あっ、あっ、あ」

抑えようとしても声が自然にまろびでた。飢えていたものを満たされて、明臣はちいさくしゃくりあげた。奥まで飲み込み、ぺたりと相手の腹に座り込む。

「は、ぅ、おっき……」

英汰が眩しそうにこちらを見上げていた。思わず顔が笑ってしまう。両手をぎゅっと繋ぎ合う。促され緩く腰を使うと、英汰が熱い息を吐き出した。繋がったところからぐずぐずに蕩け、自分の形がわからなくなりそうだ。突然下から大きく突き上げられた。

「あ、そこ、だめっ……！」

腰の奥が激しく痙攣する。奥に、自分でも知らない入り口があった。ペニスで擦られて、目の前が白く染まる。明臣は怯えた。本能が激しく警告する。

（きちゃう、だめ、だめっ。こんなの知ったら、もう戻れなくなる……！）

腰を逃がそうとして、大きな掌に強い力で戻される。ぐぽっと身体の中で、してはいけない音がした。英汰の剛直が前立腺から精嚢を抉り、S状結腸を貫く。天地を失い明臣は叫んだ。

「あ、あああ、っお、アアア！」

一瞬で終わる筈の射精時の快感が、長く引き延ばされる。全身が激しく痙攣して、なにひとつ已の自由にならない。びくん、と大きく腰が引き攣った。プシ、と何かが噴き出す音がして股間がなまぬるく濡れてゆく。止めたいのに、指先一本動かせない。やらぁ、と舌足らずに泣くしなかった。

「潮噴いてイっちゃった？　はあ……可愛い」

脱力し、へたり込んだ明臣の顔じゅうにキスしながら、英汰がめちゃくちゃに腰を動かす。許してと懇願したいのに、すべて口づけに奪われてしまう。

「ああ、アキ……」

陰茎を抜かれたと思ったら、シーツの上に這わされた。すぐに後ろから硬いものを押し付けられる。粘膜が擦れる感触だけで腰が抜けそうになった。焦れったくて叫びだしたくなるほど、ゆっくり英汰が挿入ってくる。英汰は一番奥まで長大なものを収めると、明臣の胸の突起を両方いっぺんに摘んだ。きゅう、と腰の奥が切なく疼き、明臣は堪らず喘ぐ。じっとしていられず腰を捩ると、はしたないと咎めるように乳首を押しつぶされた。

「あっ、だめ、だめえ……」

うなじを舌で舐られ、視界が爆ぜる。オメガにとって一番の急所だ。必死にずりあがったところで、腰を掴まれ引き戻されて深く肉を穿《うが》たれた。快感に脳髄が爛《ただ》れる。

「おっ、あ、ぁぐ……」

「明臣、アキ……噛みたい。おまえを俺のものにしたい」

チリっと痛みを覚えるほど、うなじに吸いつかれる。泣き喚きたいほど感じて、もっとめちゃくちゃにしてくれと縋りたくなった。オメガの本能だ。アルファには勝てない。

英汰の後ろ髪を掴み、その唇に噛み付いた

「ぁ、っ……ふざけんな。おまえが、っ、俺のものになるんだよ」

こんな時まで意地を張るなんて、我ながら無様だ。英汰が嬉しそうに笑う。

「最初から、全部おまえのものだよ」

うなじに激痛が走る。痛みを凌駕する悦楽に脊髄が蕩ける。意思とは無関係に腰が跳ね、明臣は精液を吐き出した。英汰の陰茎がほとんど入り口まで抜かれ、今度は一番奥まで入ってくる。動きは激しさを増してゆき、絶頂の余韻が終わらない明臣は、その責め苦に啜り泣いた。

「――あき、明臣……！」

英汰は低く呻くと、大きく全身をわななかせた。奥に出されたとわかった瞬間、明臣はぴゅっとふたたび精液をこぼした。

気がつけばスコールは止んでいた。

互いの荒々しい息遣いだけが部屋に満ちてゆく。呼吸が整う頃、明臣は猛烈に我に返った。濡れたシーツが冷たいし、うなじが痛い。ふと汗で湿った前髪をかきあげられた。

「なあ、何を考えてる？」

「おまえを殺して俺も死ぬか、おまえだけ殺して完全犯罪を狙うか考えている」

「アキに殺されるなら本望だ。でも、最後に凛と宗佑に会いたい」

横目で睨みつけると唇に音を立ててキスされた。自分も大概だと思うが、この男も同じくらい狂っている。

「そんなに俺の事が好きなのか?」

「そんなにおまえの事が好きだから、結婚してくれ」

明臣が返事をする前に、英汰はベッドから抜け出した。その時初めてここが英汰の部屋だったと知る。コテージに帰って来た時は、誰の部屋か気にするほどの余裕がなかった。

ちいさな箱を手に、英汰がベッドへ戻ってくる。明臣はその小箱に見覚えがあった。

ダイヤの指輪を取り出した英汰は、それを明臣の薬指に嵌め——ようとして青ざめた。

指輪は明臣の第二関節で引っかかったまま、進まない。

「な……えっ、嘘だろ!?　だってちゃんとサイズも測ったのに……」

ここまで狼狽える英汰を見るのは初めてだ。どうやら双葉遥に買ったものではなかったらしい。ピンときて明臣は問いただした。

「サイズを測ったって、それいつの話だよ」

「え……七年前くらい、か？」

「七年経って、指のサイズが変わったんだろ」

あ、と間の抜けた声を上げ、確信を持った顔で英汰が続けた。

「太ったのか？」

ふ、と笑みを浮かべ、明臣はプロポーズ失敗男の額にアイアンクローを決めた。ジムで鍛えた握力六十五キロを舐めるなと言いたい。英汰がタップアウトしたので許してやった。

「悪かった。ちゃんと新しいのを買い直そう。原石から選んでオーダーメイドで……」

「それで、その可哀想な指輪はどうするんだ?」

「どうって、それは……」

七年も仕舞い込まれていた指輪を英汰から奪う。明臣は両手で宝物を握りしめた。

「新しい指輪はいらない。俺はこれがいい」

英汰の唇が、指輪を包んだ指に押し当てられた。キスは胸元、首筋を経て唇まで辿り着く。明臣が抱きつくとキスが深くなる。濡れたシーツを替えるのは、当分先になりそうだった。


潮風が髪を嬲る。今日の明臣はVネックのTシャツにゆったりしたパンツを合わせ、プラチナのネックレスチェーンには、ダイヤのリングが煌めいている。

「おまえとヨリを戻すのはいい。……でも、デキ再婚だと思われたら恥ずかしくて死ぬ」

到着二日目のスコール以外、晴天に恵まれた。それなのに、カリブまでバカンスに来ておいて、日焼けひとつしていない自分が不甲斐ない。引きずるスーツケースのキャスターの音も、こころなしか悲しげだ。

「夫婦なんだし、できたって別にいいだろ」

「だらしなくないか？　子供たちに悪影響があったらどうする」

「両親が愛し合うのに、悪影響なんかないだろ」

二十年越しの想いをぶつけ合うのに、二日で足りるわけがない。コテージの惨状を見て見ぬ振りしつつ、約束の三十分前まで盛り上がってしまった。新婚さんなので仕方がない。

「再婚でも、新婚って言うと思うか？」

桟橋にクルーザーが停まっているのが見えた。凛と宗佑が手を振っている。ふたりきりで過ごす爛れた新婚生活も最高だったが、やはり子供たちは愛おしい。繋いだ手をほどいて駆け出そうとする明臣を、英汰が制止した。

「あの……手、恥ずかしいんだけど……。子供たちのまえだし、放したら駄目？」

「駄目だ。夫婦なんだから慣れろ」

「偉そうに言っているくせに、顔真っ赤だぞ。つられるからやめろ！」

「違う、俺がおまえにつられてるんだ。おまえこそやめろ！」

お互いに責任をなすりつけつつ、デッキに乗り込む。手は繋いだままだ。

「凛ちゃん、宗くん！　俺たち再婚する事にしたから！」

笑顔で迎える子供たちに、明臣はさっさと打ち明けた。後になるほど言いづらくなると見越しての事だ。凛と宗佑は顔を見合わせると、飛び上がって喜んだ。

興奮した子供たちが、それぞれ腰に抱きついてくる。

「パパとおとうさん、けっこんー」

「結婚式しなくちゃ！　今すぐここであげちゃおうよ！」

「けっこんしき、やったー」

はしゃぐ子供たちを明臣は苦笑混じりに窘《たしな》める。

「さすがにここでは無理だよ。俺たちは再婚だし、式とかそういう派手なのはもう……」

「いいから！　ふたりが結婚するんだって私と宗佑に誓うの！」

かつて自分は、幼い凛の目の前で離婚を口にした。覚えていないかもしれないし、当時はことばの意味だってわかっていなかっただろう。それでも明臣は今も己の過ちを悔やんでいる。

「そうだね、凛ちゃん。指輪も神父さんもいないけど、結婚式をしようか」

英汰も同様に頷くのを見て、子供たちは何故かにんまり微笑んだ。クルーザーの運転席に向かって「お願いします！」と叫ぶ。

クルーザーの操舵席から立ち上がったのは、コーディネーターではなく、なんと外商の杉田だった。杉田は涼しい顔でアタッシュケースを取り出した。ぱかりと開いたその中にはずらりと男性用の結婚指輪が並んでいる。

「どうぞ、指輪ならご用意できますが」

英汰は一瞬遠い目をしたが、ケースの中を覗き込む。どれも英汰と明臣のサイズだ。

「これ、いいんじゃないか。待てよこっちのほうが……」

シンプルなものから、宝石付きまで色々な種類がある。英汰が選んだのは内側にダイヤが埋め込まれているタイプだった。

「ああ、いいな」

ふたりが指輪を選び終わると、杉田は白いポロシャツの上にさっと神父服を羽織った。

「伊藤英汰様、あなたはこちらにいる皇明臣様を病める時も健やかなる時も富める時も貧しき時も夫として愛し敬い慈しむ事を誓いますか?」

英汰が明臣を見つめながら頷いた。

「誓います」

「皇明臣様、あなたはこちらにいる伊藤英汰様を病める時も健やかなる時も富める時も貧しき時も夫として愛し敬い慈しむ事を誓いますか?」

明臣が誓います、と応えると指輪交換を促される。互いの指に選んだ指輪を嵌める時、英汰がすこし悔しそうな顔をしているのに気がついた。死ぬ時までネタにしてやろうとほくそ笑む。それくらいの権利は、きっと自分にあるだろう。

「誓いのキスを」

杉田に言われる前にふたりの唇は重なっていた。子供たちから、きゃあと嬉しそうな歓声が上がった。ふと英汰が杉田に向かってウインクする。心得た様子で彼は子供たちの目をそっと覆い隠した。

悪戯っぽい顔をして英汰が深いキスを仕掛けてくる。明臣も応えてすぐに夢中になった。

■あとがき■

このたびは『離婚《わか》れたあなたは運命の番《ひと》』をお手に取ってくださり誠にありがとうございます。鹿嶋アクタです。

今回の話はオメガバースものです。医療の発達により、オメガでもほぼ一般人と変わらない生活を送れている……という世界観です。

迫害されたオメガがアルファに見初められて幸せになる、という展開はオメガバース物の醍醐味のひとつだと思うのですが、今回の話だとそのへんは弱いかもしれません。

私は現代の医療をわりと信じているので、斯様《かよう》な世界観となりました。

本書を執筆中、新型コロナウィルスが感染拡大し、人々の生活様式などは一変してしまいました。そこで医療に携わる人々の奮迅、研鑽、献身を改めて拝見し、私の思いはさらに強くなりました。

人類はきっとオメガに優しい世界を創れるし、ウイルスにも打ち勝つ事でしょう。

それはそれとして、本書を最後まで読んでくださった方は、主役のふたりに対し「おまえらもっと話し合えよ」と突っ込みたかったんじゃないかと思います。大丈夫(?)です。

私もそう思いながら書いていました。

スムーズに話し合いのできるカップルが冒頭三十ページくらいでくっついて、そのあとずっとイチャイチャする話も好きなんですが、両想いにも拘らずお互いひたすらモダモダしている話も大好きです。

ハイスペック男性同士、しかも一回結婚までしたふたりがモダモダと……書いている私は大変楽しかったです。

本書を読んでくださった方も、楽しんでくださる事を祈りつつ……。

末筆になってしまいましたが、とても素敵な表紙&挿絵を描いてくださった小禄先生、今回も多大なるご迷惑をおかけしてしまいました担当O様、何より本書を手にとってくださった皆様、本当にありがとうございました。

またいつか、お目にかかれましたら幸いです。

鹿嶋アクタ拝

初出
「離婚れたあなたは運命の番」書き下ろし

CHOCOLAT
BUNKO

この本を読んでのご意見、ご感想をお寄せ下さい。
作者への手紙もお待ちしております。

あて先
〒171-0014東京都豊島区池袋2-41-6
第一シャンボールビル 7階
(株)心交社　ショコラ編集部

離婚《わか》れたあなたは運命の番《ひと》

2021年12月20日　第1刷

著　者:鹿嶋アクタ
発行者:林 高弘
発行所:株式会社　心交社
〒171-0014　東京都豊島区池袋2-41-6
第一シャンボールビル 7階
(編集)03-3980-6337 (営業)03-3959-6169
http://www.chocolat_novels.com/
印刷所:図書印刷 株式会社